Die drei ???

Labyrinth der Götter

CW01597382

Justus Jonas, Peter Shaw und Bob Andrews haben mit ihren spannenden Abenteuern längst Kultstatus erreicht. Ihr Markenzeichen sind die drei ???. Sie stehen allerdings nicht für Ahnungslosigkeit, sondern für ungelöste Rätsel, mysteriöse Vorkommnisse und Geheimnisse aller Art. Denn die Detektive aus Rocky Beach übernehmen jeden Fall, auch wenn er noch so knifflig ist.

Die drei ???

Labyrinth der Götter

Erzählt von André Marx
nach einer Idee von André Marx
und Astrid Vollenbruch

Deutscher Taschenbuch Verlag

Weitere Titel mit den drei ??? bei dtv junior:
siehe ab Seite 158

Ungekürzte Ausgabe
In neuer Rechtschreibung
Februar 2005
Deutscher Taschenbuch Verlag GmbH & Co. KG, München
www.dtvjunior.de
© 2000 Franckh-Kosmos Verlags-GmbH & Co., Stuttgart
Based on characters by Robert Arthur
Published by arrangement with Random House, Inc.
Umschlagkonzept: Balk & Brumshagen
Umschlagbild: Hanno Rink
Gesetzt aus der Bembo 11/14'
Gesamtherstellung: Druckerei C. H. Beck, Nördlingen
Printed in Germany · ISBN 3-423-70893-X

Inhalt

In hohem Bogen

Seine Beine schmerzten. Der Atem ging keuchend. Die heiße Luft brannte in seinen Lungen. Peter hielt den Blick starr auf den schwarzen Asphalt gerichtet, über den die breiten Reifen seines Mountainbikes hinwegrollten. Der Schweiß rann unter dem Helm hervor und über sein Gesicht. Das T Shirt war klitschnass. Der Gegner war direkt hinter ihm. Peter hörte seinen Atem und das Surren der Kette. Er blickte auf. Die Luft flimmerte in der Hitze und spiegelte nicht vorhandene Pfützen auf die heiße Straße. Noch dreihundert Meter, dann hatte er die Bergkuppe erreicht.

»Ich krieg dich! Ich krieg dich!«, ächzte sein Verfolger und schob sich Zentimeter für Zentimeter näher heran.

»Niemals, Bob!« Peter schaltete einen Gang hoch, richtete sich im Sattel auf und strampelte mit aller Kraft, um seinen Vorsprung zu vergrößern. Hinter diesem Berg lag die letzte Abfahrt, das Ortsschild ›Rocky Beach‹ im Tal war die Ziellinie. Als er die Kuppe erreichte, tauchte das kleine kalifornische Küstenstädtchen vor ihm auf, dahinter glitzerte der Pazifik im Rot der untergehenden Sonne. Der Ort war noch eine Meile entfernt. Jetzt kam der Endspurt! Peter schaltete ein paar Gänge höher, beugte sich tief über den Lenker und sauste den Berg hinab. Ein Blick auf den Tacho ließ ihn siegessicher lächeln. Siebenundzwanzig Meilen pro Stunde und das Gefälle würde noch stärker werden. Das schaffte Bob nie! Peter würde beweisen, dass er auf dem Mountainbike schneller war als Bob mit seinem Rennrad, und damit die Wette gewinnen: Ein Rieseneisbecher stand auf dem Spiel!

Doch plötzlich tauchte Bob neben Peter auf und schob sich langsam an ihm vorbei an die Spitze. »He!«, rief der Zweite Detektiv empört und achtete einen Moment nicht auf die Straße. Als er wieder hinsah, raste ein großer Stein am kiesbestreuten Straßenrand auf ihn zu. Er riss den Lenker herum und geriet ins Schleudern. Die Bremsen blockierten die Räder, doch er rutschte über den Kies weiter. Wie in Zeitlupe kippte das Rad. Peter versuchte sich abzufangen, aber er war zu schnell. Der Hinterreifen knallte gegen den Stein, flog in die Höhe und Peter wurde aus dem Sattel geschleudert. Er stürzte und schlitterte über die Kieselsteine. Den Schmerz spürte er schon gar nicht mehr. Die Welt versank in Dunkelheit und einem dornigen Gebüsch.

Kaltes Wasser, das in sein Gesicht klatschte, riss ihn aus der Bewusstlosigkeit. Alles tat ihm weh. Sein Gesicht brannte. Ein stechender Schmerz im Handgelenk. Über ihm schwebte Bobs besorgtes Gesicht.

»War ich lange weg?«, brachte Peter hervor.

»Nur ein paar Sekunden. Willkommen im Diesseits. Tut dir was weh?«

»Alles. Wenn ich deinen Gesichtsausdruck richtig deute, wundert dich das nicht, stimmt's?«

Bob nickte. »Du siehst ziemlich mitgenommen aus.«

»Ich fühle mich auch so.« Er richtete sich auf. Der Schmerz zuckte durch seinen ganzen Körper. »Aua.«

»Dein halbes Gesicht ist aufgeschürft. Wir müssen das sofort reinigen, sonst entzündet es sich. Kannst du aufstehen?«

»Wird schon gehen.« Ächzend erhob er sich, klopfte den Staub von seiner Kleidung und blickte an sich hinunter. Das T-Shirt war zerrissen und seine Arme und Beine sahen aus, als hätte man sie ausgiebig mit Sandpapier bearbeitet. Die Haut brannte wie Feuer. Kein Wunder: Mehrere kleine Kiesel steckten in den offenen Wunden.

»Meine Güte, Peter! Du hast mir wirklich einen Schrecken eingejagt!«

»Und ich mir erst«, stammelte Peter. Er war noch ganz wacklig auf den Beinen. »Gut, dass ich einen Helm getragen habe.. Trotzdem brummt mir der Kopf.«

»Ich schlage vor, die Wette vergessen wir.«

Der Zweite Detektiv nickte benommen. »Soll mir recht sein. Wie geht's meinem Rad?«

Bob begutachtete das Mountainbike. »Scheint okay zu sein.«

»Dem Himmel sei Dank. Der Körper heilt von selbst, Fahrräder muss man für teures Geld reparieren.« Er humpelte zurück, zog das Rad hoch und untersuchte es.

»Nun lass doch mal dein blödes Fahrrad«, sagte Bob ärgerlich. »Du blutest im Gesicht. Wir sollten gleich zum Arzt fahren.«

»Ach was! Das sind doch nur ein paar Schrammen!«

»Ein paar Schrammen? Du hast dich noch nicht im Spiegel gesehen! Ein Wunder eigentlich, dass mir das nicht passiert ist. Normalerweise bin ich doch derjenige, der keinen Unfall auslässt.«

»Tja, heute bin ich mal dran«, murmelte Peter. »Komm, wir fahren zum Schrottplatz. Da kann ich mich halbwegs herrichten, bevor ich nach Hause fahre. Wenn meine Mutter mich so sieht, fällt sie in Ohnmacht!« Mühsam kletterte er auf den Sattel und die beiden setzten ihre Fahrt langsam fort.

Zum Schrottplatz war es nicht weit. Das Trödelmarktgelände gehörte Titus Jonas, Justus' Onkel. In einer Ecke des Platzes, direkt neben der Freiluftwerkstatt, stand ein alter Campinganhänger, den Justus Jonas, Peter Shaw und Bob Andrews als Detektivbüro nutzten. An diesem Ort hatte schon so mancher Fall seinen Anfang genommen. Heute würde er ihnen als Lazarett dienen müssen. Peter hoffte, dass sie irgendwo in dem Chaos ihrer Zentrale Pflaster auftreiben konnten, um die Wunden zu versorgen.

Aber so weit sollte es gar nicht kommen. Als die beiden durch das offene Tor radelten, standen Justus und seine Tante Mathilda gerade eifrig diskutierend neben einem Berg von Schrott. Sie sahen auf und bemerkten Peters Verletzungen.

»Was ist denn mit dir passiert?«, fragte Justus, der Erste Detektiv. »Ist dir ein Lastwagen in den Weg gesprungen?«

Peter kam nicht dazu zu antworten.

»Junge!«, rief Tante Mathilda und rannte auf ihn zu. »Du lieber Himmel! Du siehst ja schlimm aus! Herrje, du blutest sogar! Das muss sofort verarztet werden! Soll Titus dich ins Krankenhaus fahren?«

»Nein, nein, so schlimm ist es nicht, Mrs Jonas«, beteuerte Peter. »Mir geht's gut!«

»Wer so aussieht, dem geht es nicht gut!«, sagte Tante Mathilda entschieden. »Außerdem müssen die Wunden desinfiziert werden.«

»Es sind keine Wunden«, versuchte Peter sie zu beruhigen. »Nur ein paar Kratzer.«

»Ich weiß, wie Kratzer aussehen! Das hier sind keine! Justus! Hol für Peter einen Stuhl!« Sie machte kehrt und lief zum Wohnhaus der Familie Jonas.

Die drei sahen ihr nach. Dann wandte Peter sich grinsend an Justus. »Hast du nicht gehört, Just? Du sollst mir einen Stuhl holen!«

Der Erste Detektiv verzog das Gesicht. »Hol ihn dir doch selbst!«

»Widersprich deiner Tante nicht.«

Justus warf einen Blick auf den Schrottstapel und zog einen alten verrosteten Gartenstuhl heraus. Er klappte ihn auseinander und stellte ihn auf den staubigen Boden. »Bitte schön! Und nun erzähl schon, was hast du gemacht?«

»Ach, gar nichts«, murrte Peter und setzte sich. »Nur ein kleines Wettrennen.«

»Peter kann nicht verlieren«, meinte Bob. »Als er sah, dass ich ihn überhole, hat er sich gleich ins nächste Gebüsch geschmissen.«

»Mach keine Witze, Bob! Das hat ganz schön wehgetan.«

»'tschuldigung.«

»Vielleicht solltest du wirklich besser zum Arzt gehen«, schlug Justus vor.

»Nun red keinen Blödsinn. Ich komme mir vor wie ein Invalide, wenn ihr so um mich herumsteht und mich bedauert. Erzähl uns lieber, was es Neues gibt, Just!«

»Nicht viel. Außer dass wir ein Fax von deinem Vater bekommen haben, Peter.«

Der Zweite Detektiv runzelte die Stirn. »Von meinem Vater?«

»Das nehme ich zumindest an, denn auf dem Faxkopf stand ›Wonderworld‹, dort arbeitet er doch?«

Peter nickte. Sein Vater war in der Filmbranche von Hollywood tätig. Mit seinen Kollegen tüftelte er knifflige Spezialeffekte für große Kinofilme aus. Die Firma ›Wonderworld‹ brachte Ufos zum Fliegen und Autos zum Explodieren, wenn es darum ging, die Kinobesucher mit beeindruckenden Bildern zu faszinieren.

»Und was hat er gefaxt?«

»Einen Zeitungsartikel. Wartet, ich hole ihn!«

Als Justus in die Zentrale verschwand, kehrte Tante

Mathilda zurück. An ihrem Arm baumelte eine Tasche und in den Händen trug sie eine mit Wasser gefüllte Schüssel. »Jetzt werden die Wunden erst mal gereinigt«, kündigte sie an, stellte die Schüssel ab und hockte sich neben Peter. Sie begann die Abschürfungen vorsichtig mit einem nassen Lappen abzuwischen.

Der Zweite Detektiv zuckte zusammen. »Ich weiß nicht, ob das wirklich nötig ist, Mrs Jonas.«

»Keine Widerrede!« Nun machte sie sich an Peters Gesicht zu schaffen. »Es hat aufgehört zu bluten«, stellte sie fest. »Aber das gibt garantiert ein blaues Auge. Davon wirst du noch einige Wochen was haben.« Sie griff in die Tasche und zog ein kleines braunes Fläschchen und ein Wattestäbchen hervor.

»Was ist das denn?«, fragte Peter ängstlich.

»Jod. Das desinfiziert. Achtung!« Sie betupfte sein Gesicht mit der jodgetränkten Watte. Der brennende Schmerz durchzuckte ihn.

»Aua! Das ist ja schlimmer als beim Zahnarzt!«, beschwerte sich Peter.

Justus kehrte zurück und wedelte mit dem Fax. Amüsiert beobachtete er Tante Mathildas Bemühungen, den weinerlichen Peter zu verarzten.

»Guck nicht so blöd. Sag uns lieber, was das für ein Zeitungsartikel ist.«

»Es geht um eine Filmdiva aus den dreißiger Jahren. Ihr Name ist Josephine Jones. Habt ihr schon mal von ihr gehört?«, fragte Justus.

»Der Name sagt mir irgendwas«, murmelte Bob.

»Damals war sie ein Star, hat oft in den Filmen von Edward Truman mitgespielt.«

»Sagt mir auch irgendwas.«

»In den Vierzigern ist sie ziemlich schnell wieder von der Bildfläche verschwunden.«

»Und?«, fragte Peter und sog zischend die Luft ein, als Tante Mathilda mit ihrem Wattestäbchen in seinem Arm herumbohrte.

»Inzwischen lebt sie in einem Altenheim hier ganz in der Nähe. Der Autor dieses Artikels hat sie dort besucht und interviewt. Wenn ihr mich fragt, ist dieser Artikel sauschlecht geschrieben. Der Verfasser drückt von Anfang bis Ende heftig auf die Tränendrüse und bedauert das tragische Schicksal eines ehemaligen Hollywoodstars, und das war es auch schon. Mehr steht nicht drin.«

Peter verzog das Gesicht. »Und warum schickt mein Vater uns diesen Artikel?«

»Keine Ahnung. Aber er hat eine Passage angestrichen. Wartet, ich lese sie euch vor: ›Versonnen erinnert sie sich an die Zeit, in der der Hollywood Boulevard noch nicht mit Schnellimbissen gepflastert und das Filmemachen noch Kunst und nicht Kommerz war. In der sie für den Oscar nominiert wurde und in Edward Trumans sagenumwobenem Film ›Utopia‹ mitspielte. Die vergangenen Jahrzehnte haben in Josephine Jones' Erinnerung die Grenze zwischen Fantasie und Wirklichkeit verschwimmen lassen. Tatsächlich wurde sie 1934 für ihre Rolle der Haushälterin Sigourney in ›Das

Haus der Geister‹ für den Oscar nominiert. Doch ›Utopia‹ hat niemals existiert, Trumans letzter Film ist eine moderne Legende geworden.‹«

»Hä?«, machte Peter. »Und was soll das? Aua!«

»Ich bin ja gleich fertig, Peter«, beruhigte ihn Tante Mathilda. »Nur noch ein paar Pflaster und du bist entlassen. Beiß deine Zähne zusammen!«

»Ich hatte gehofft, du könntest mir das sagen. Das Fax kam immerhin von deinem Vater.«

»Ich habe nicht den geringsten Schimmer. Aber ich werde ihn gleich anrufen und fragen.«

»Klingt auf jeden Fall ganz interessant«, fand Bob. »Ein Film, der niemals existierte, in dem Josephine Jones aber trotzdem mitspielte.«

»Wittert ihr schon wieder ein Geheimnis?« Tante Mathilda lächelte und klebte vorsichtig das letzte Pflaster auf Peters aufgeschürfte Haut. »Ihr seid unverbesserlich.«

»Danke schön, Mrs Jones«, sagte Peter und lächelte bemüht. Er war froh, dass die Tortur zu Ende war.

»Gern geschehen. Aber wenn sich etwas entzündet, solltest du trotzdem zum Arzt gehen!« Sie packte ihre Erste-Hilfe-Tasche zusammen und ging zurück ins Haus.

Justus betrachtete den Zweiten Detektiv von oben bis unten und grinste breit. »Jetzt siehst du aus wie ein Flickenteppich.«

»Oder wie ein Schweizer Käse«, fügte Bob hinzu.

»Oder ein tausendmal geflickter Fahrradschlauch.«

»Eine gestopfte Socke.«

»Eine zu oft getroffene Schießbudenfigur.«

»Eine Mücke, die gerade durch den Ventilator geflogen ist.«

»Wie Tom nach einer Keilerei mit Jerry.«

»Oder wie –«

»Nun hört schon auf!«, schnauzte Peter sie an. »Ich hab's begriffen. Los, gehen wir in die Zentrale!« Er stemmte sich aus dem Gartenstuhl, klappte ihn zusammen und warf ihn zurück auf den Schrotthaufen. Gemeinsam betraten sie den Campinganhänger. Im Laufe der Zeit hatten sie ihn mit allem ausgestattet, was ein richtiges Büro benötigte: Computer, Telefon und Faxgerät waren unverzichtbar; im hinteren Teil des Wagens befand sich sogar ein echtes kleines Kriminallabor, das Bob meistens als Dunkelkammer für die Entwicklung seiner Fotos nutzte. Auf der anderen Seite standen eine kleine Spüle, eine Kochplatte und ein Mini-Kühlschrank. Peter nahm eine Flasche Cola heraus und warf beim Trinken einen unauffälligen Blick in den kleinen Spiegel, der über der Spüle hing. Er zuckte zusammen. Dort, wo kein Pflaster seine Haut bedeckte, war sie zerkratzt und aufgeschürft und leuchtete in glänzendem Rot. Sein Auge war halb zugeschwollen. Jetzt wunderte ihn nichts mehr. Er sah tatsächlich aus wie eine Schießbudenfigur. Schnell wandte er sich ab und ging zum Telefon. Gerade wollte er die Nummer von ›Wonderworld‹ heraussuchen, als es klingelte. Obwohl Peter direkt neben dem Apparat stand, griff Justus nach dem

Hörer. Aus irgendeinem Grund hatte es sich eingebürgert, dass er alle Anrufe entgegennahm.

Der Erste Detektiv schaltete den Verstärker ein, damit Peter und Bob das Gespräch mitbekamen: »Justus Jonas von den drei Detektiven.«

»Hallo Justus, hier spricht Henry Shaw.«

»Guten Tag, Mr Shaw. Sie wollen sicher Peter sprechen.«

»Eigentlich möchte ich den Ersten Detektiv sprechen.«

Justus wurde hellhörig und verfiel sofort in seine geschwollene Ausdrucksweise: »Darf ich dem entnehmen, dass der Grund Ihres Anrufs etwas Geschäftliches ist?«

»Du darfst«, erwiderte Mr Shaw belustigt. »Habt ihr mein Fax bekommen?«

»Ja. Wir sprachen darüber, was es wohl zu bedeuten hat.«

»Ganz einfach. Ich habe einen Fall für euch.«

»Einen Fall? Sie?«

»Wieso denn nicht? Oder nehmt ihr keine Aufträge von Familienmitgliedern an?«

»Doch, selbstverständlich«, sagte Justus schnell. »Ich wundere mich nur.«

Mr Shaw lachte. »Weil ich nicht immer begeistert war von eurer detektivischen Arbeit? Da hast du Recht, Justus. Aber diesmal ist es ganz ungefährlich, denke ich. Ihr sollt etwas für mich suchen. Wie wäre es, wenn wir uns nachher in Rocky Beach in der Eisdiele treffen und ich euch alles erzähle? Ich bin in der Werkstatt und muss noch ein bisschen am Zombiekopf herumschrauben.«

»Sie müssen was?«

»Ein Puppenkopf für einen Horrorfilm, an dem wir gerade arbeiten. Er ist kaputt, die Augen wollen einfach nicht zerplatzen, aber das kriege ich hin. In einer Stunde könnte ich in der Eisdiele sein.«

»In Ordnung. Bis in einer Stunde!« Justus legte auf und drehte sich zu seinen Detektivkollegen um. »Was sagt ihr dazu?«

»Dass mein Plan zunichte gemacht wurde«, knurrte Peter.

»Was für ein Plan?«

»Ich hatte mir überlegt heute ganz lange auf dem Schrottplatz zu bleiben und erst nach Hause zu fahren, wenn meine Eltern schon schlafen, damit sie mich nicht sehen. Daraus wird wohl nichts. Bin mal gespannt, was mein Vater sagen wird.«

»Wie siehst du denn aus?« Mr Shaw wurde bleich, als die drei ??? an seinen Tisch kamen und er seinen Sohn erblickte. »Was ist passiert?«

»Nichts Schlimmes«, behauptete Peter.

»Das sieht mir aber nicht so aus.«

»Ich habe mich auf den Bart gelegt. Mit dem Fahrrad. Reicht das?«

»Du sollst nicht immer so schnell fahren!«

»So schnell war ich gar nicht«, log Peter. »Da war halt dieser Stein im Weg.«

Mr Shaw schüttelte den Kopf. »Eines Tages wirst du dich in deinem sportlichen Wahn noch umbringen.«

Peter wollte dieser unangenehmen Situation so schnell wie möglich entkommen. »Worum geht es denn nun bei deinem Auftrag, Papa?«

Er warf seinem Sohn noch einen skeptischen Blick zu, ließ sich aber auf den Themenwechsel ein. »Ihr habt den Artikel gelesen, eigentlich wisst ihr schon, worum es geht.«

»Um ›Utopia‹«, vermutete Justus.

»Richtig. Edward Trumans geheimnisvoller Film, von dem niemand so recht weiß, ob es ihn gibt oder nicht.«

»Erzählen Sie uns mehr darüber«, bat der Erste Detektiv.

»Truman war ein genialer Regisseur. Er hat wirklich umwerfende Filme gemacht, die auch tricktechnisch für die damalige Zeit immer wieder beeindruckend waren. Nach seinem Tod in den sechziger Jahren ging das Gerücht um, er habe vor Jahrzehnten einen Film gedreht, der nie das Licht der Öffentlichkeit gesehen hat: ›Utopia‹. Schnell war davon die Rede, er sei Trumans wahres Meisterwerk gewesen. Andere behaupteten, der Film sei furchtbar schlecht und deshalb unter Verschluss gehalten worden. Doch nachdem immer nur Gerüchte und nie etwas Handfestes zu hören gewesen war, ging man schließlich davon aus, dass es ›Utopia‹ niemals wirklich gegeben hat und nach Trumans Tod eine moderne Legende geschaffen wurde.«

»Und nun hat Josephine Jones behauptet, sie hätte in ›Utopia‹ mitgespielt«, spann Justus die Geschichte weiter. »Und die Fachwelt ist in heller Aufregung.«

Mr Shaw nickte. »Genau. Dieser Journalist, der Mrs Jones interviewt und den Artikel geschrieben hat, hatte keine Ahnung, in was für ein Wespennest er da stechen würde. Über die Legende von ›Utopia‹ hat seit Ewigkeiten niemand mehr gesprochen und nun ist sie wieder in aller Munde.«

»Und was haben wir damit zu tun, Papa?«, wollte Peter wissen.

»Bei ›Wonderworld‹ wird über nichts anderes mehr geredet. ›Utopia‹ soll nämlich ein Sciencefictionfilm mit atemberaubenden Spezialeffekten gewesen sein. Glaubt man den Geschichten, dann hat Truman damals ganz neue Techniken entwickelt, um seine Vision umzusetzen. Das interessiert uns natürlich brennend, denn möglicherweise lassen sich diese Tricks sogar noch heute verwenden, obwohl der Film schon so alt ist. Also kam ich auf die Idee, die drei schlausten Burschen der gesamten Westküste zu fragen, ob sie Lust haben, nach dem Film zu suchen.« Er grinste breit. »Schließlich habt ihr Ferien und genug Zeit.«

»Danach suchen?«, wiederholte Bob. »Aber wie denn?«

»Das ist euch überlassen«, gab Mr Shaw gelassen zurück. »Schließlich seid ihr die Detektive. Lasst euch was einfallen!«

»Sie meinen also, dass der Film tatsächlich existiert? Dass er nicht nur eine Legende ist?«

Mr Shaw zuckte mit den Schultern. »Ich weiß es nicht. Wenn es ihn gibt und ihr ihn findet, macht ihr damit eine Riesenentdeckung.«

»Klingt spannend«, fand Peter. »Wenn er dann nachträglich in die Kinos kommt und wir im Vorspann erwähnt werden, sind wir dabei.«

»Blödsinn«, widersprach Justus. »Wir sind auch so dabei.«

»Freut mich, Jungs. Wenn ihr den Film findet oder aber beweisen könnt, dass es ihn nie gegeben hat, lade ich euch zu einem Rieseneisbecher ein!«

»Dann werden die Wettschulden ja doch noch eingelöst«, grinste Bob und erntete sogleich einen bösen Blick von Peter.

»Was denn für Wettschulden?«

»Ach, nichts, Papa. Gar nichts«, beteuerte Peter. »Die drei ??? werden sich jetzt an die Arbeit machen.«

»Falsch«, widersprach der Erste Detektiv. »Wir können noch nicht anfangen.«

»Wieso denn nicht?«

»Weil wir in einer Eisdiele sitzen und noch kein Eis gegessen haben. Ihr wisst doch: Ein leerer Bauch arbeitet nicht gern.«

»War es nicht ein voller Bauch?«, zweifelte Bob.

»Bei euch vielleicht. Bei mir funktioniert das andersrum. Herr Ober! Einen großen Früchtebecher, bitte.«

»Das hat aber lange gedauert«, maulte Peter, als Bob am nächsten Tag in die Zentrale kam. »Wir warten schon seit Stunden auf dich.« Er blickte demonstrativ auf die Uhr.

»Es wäre sicher schneller gegangen, wenn ihr mir geholfen hättet«, gab Bob gereizt zurück. Er war die ganze Strecke vom Gebäude der ›Los Angeles Post‹, bei der sein Vater arbeitete, bis nach Rocky Beach mit dem Fahrrad gefahren. Bei sengender Hitze. Und dafür wurde er nun angepflaumt.

»Ich konnte nicht. Ich musste Tante Mathilda zur Hand gehen«, verteidigte sich Justus.

»Und ich musste beim Nachbarn den Rasen mähen. Der hat mich vielleicht blöd angesehen. Ob ich mich mit einem Gorilla geprügelt hätte, hat er gefragt. Sehr witzig.«

»Interessante Assoziation«, fand Justus. »Und nicht ganz von der Hand zu weisen. Irgendwie siehst du heute noch fieser aus als gestern. Jetzt sind die ganzen Abschürfungen verkrustet und sehen aus wie Geschwüre.«

»Könnten wir bitte das Thema wechseln?«, bat Peter entnervt.

»Komm schon, Bob, erzähl uns, was du herausgefunden hast.«

»Also schön. Ich habe das halbe Zeitungsarchiv durchwühlt. Inzwischen kenne ich mich dort ja recht gut aus, aber wenn man das Leben eines berühmten Regisseurs über mehrere Jahrzehnte verfolgen will, findet man sich irgendwann in einem riesigen Berg alter Zeitungen wieder und weiß gar nicht mehr, was wo hingehört. Ich habe ein paar Artikel kopiert und das Wichtigste rausgeschrieben. Also: ›Utopia‹ sollte tatsächlich ein großer Sciencefictionfilm werden. Es ging darin um eine außerirdische Rasse, die auf dem bisher unbekannten zehnten Planeten unseres Sonnensystems wohnt und mit der Erde in Kontakt tritt.«

»Also eine Invasionsgeschichte«, vermutete Peter.

»Nein. Es ging vielmehr um die Begegnung zweier sich völlig fremder Kulturen. Eine recht intelligente Geschichte also. Tatsache ist, dass der Film ›Utopia‹ damals offiziell von den Produzenten und der Filmgesellschaft angekündigt wurde. Es existierte ein Drehbuch, die Schauspieler waren engagiert, die Vorproduktion hatte begonnen und ein Termin für den Start der Dreharbeiten stand ebenfalls fest. Truman sagte in einem Interview, dies wäre der beste und aufwändigste Film, an dem er je gearbeitet habe. Er versprach dem Publikum ein Meisterwerk.«

»Und was ist schief gegangen?«, wollte Justus wissen.

»Das ist die große Frage. Denn ab hier widersprechen sich die Berichte. In einem Artikel hieß es, die Dreharbeiten wären in vollem Gange, in einem anderen war sogar die Rede davon, dass sie schon so gut wie abgeschlossen seien. Dann wurde das alles wieder zurückgenommen: Es sei nie ein Meter Film belichtet worden, der Dreh sei abgesagt und so weiter. Fazit: Man weiß nichts Genaues. Am Ende des ganzen Durcheinanders hat Edward Truman jedenfalls offiziell bekannt gegeben, dass es den Film nun doch nicht geben würde, das Drehbuch sei miserabel, die Kosten würden explodieren und weit über dem bewilligten Budget liegen. Man würde darüber nachdenken, die Arbeit an ›Utopia‹ später fortzusetzen, doch vorerst sei das Projekt auf Eis gelegt. Tja, und das war es. Die ganze Geschichte geriet schnell in Vergessenheit, Truman zog sich aus dem Filmgeschäft zurück und niemand sprach mehr davon. Nach seinem Tod wurde das alles noch einmal kurz aufgewärmt, danach jedoch von den verschiedenen Medien nicht mehr aufgegriffen.«

»Bis heute«, stellte Justus fest. »Bis Josephine Jones behauptete, sie habe in dem Film mitgespielt.«

»Richtig.«

Peter kratzte sich am Kopf. »Tut mir Leid, Leute, aber ich sehe da kein großes Geheimnis. Das Drehbuch war schlecht, der Film wurde zu teuer, also wurde das Projekt gekippt. Das ist doch nichts Neues, solche Sachen passieren dauernd in Hollywood. Wie oft hat mein Vater schon an Spezialeffekten gebastelt, die man niemals im Kino gesehen hat, weil der Film gar nicht fertig wurde!«

»Da hast du vielleicht Recht, Peter. Aber ich wüsste trotzdem gern, was nun damals wirklich passiert ist. Wenn Mrs Jones sagt, sie habe für den Film vor der Kamera gestanden, dann muss ja doch schon etwas gedreht worden sein. Das Filmmaterial kann ja nicht verschwunden sein. Diese Filmrollen liegen vermutlich völlig verstaubt in irgendeinem Archiv der Filmgesellschaft herum.«

»Daran habe ich auch gedacht«, sagte Bob. »Dummerweise gibt es die Filmgesellschaft nicht mehr. Sie hat vor zwanzig Jahren Pleite gemacht. Da ist nichts mehr zu holen.«

»Hm«, murmelte Justus und zupfte an seiner Unterlippe. »Dann sehe ich im Moment nur eine Möglichkeit: Wir müssen Mrs Jones aufsuchen und sie noch einmal zu der Geschichte befragen. Vielleicht weiß sie, wo der Film geblieben ist. Der Journalist hat ihr ja offenbar kein Wort geglaubt und nicht weiter nachgefragt.«

»Schade, dass wir Mr Truman selbst nicht mehr befragen können. Das ist genau wie in einem blöden Fernsehkrimi: Der Einzige, der des Rätsels Lösung kennt, ist tot.«

»Wäre sonst ja auch langweilig«, murmelte Bob. »Aber möglicherweise kann uns sein Sohn weiterhelfen, Stanley Truman. Der lebt nämlich noch. Ich habe allerdings noch nicht herausfinden können, wo.«

»Kümmern wir uns erst mal um Josephine Jones«, schlug Justus vor. »Es dürfte kein Problem sein, sie im Altenheim zu besuchen.«

»Die Idee ist gut«, stimmte Bob zu. »Möglicherweise weiß sie nämlich mehr als alle anderen damals beteiligten Schauspieler.«

»Wieso das?«

»Habe ich das noch gar nicht erzählt? Die Klatschspalten waren damals voll davon: Josephine Jones und Edward Truman waren ein Liebespaar.«

Besuch bei der alten Dame

»Hoffentlich werde ich niemals alt«, murmelte Peter, als sie vor dem grauen Neubauklotz standen, der an den Berghang geklatscht worden war.

»Ich dachte, es sei dein erklärtes Ziel, mindestens hundert Jahre alt zu werden«, erwiderte Bob. »Sagst du doch immer.«

»Schon. Aber dann will ich in meinem eigenen Haus leben und nicht auf fremde Hilfe angewiesen sein.«

»Tja, das kann man sich nun mal nicht aussuchen.«

»Möchtest du später etwa in einem solchen ... Ding wohnen, Just?«

Der Erste Detektiv schüttelte nachdenklich den Kopf.

»Justus hat bestimmt mal fünf Kinder, die ihn pflegen«, sagte Bob. »Und zwanzig Enkelkinder, die auf seinem Schoß sitzen und ihn darum bitten, Geschichten von früher zu erzählen.«

Peter grinste. »Genau. Und dann wird er seine Pfeife stopfen, einen langen Zug nehmen, langsam den Rauch in die Luft blasen und sich an uns erinnern.«

»Und ich werde meinen zwanzig Enkelkindern von dem Tag erzählen, als der Zweite Detektiv Peter Shaw von einem harmlosen Wettrennen zurückkam und aussah wie eine wandelnde Pizza. Los, besuchen wir Mrs Jones. Ich möchte hier nicht länger bleiben als nötig.«

Sie betraten das Gebäude durch die gläserne Schiebetür. Ein scharfer Medikamentengeruch schlug ihnen entgegen. Ein langer Flur mit grauem PVC-Boden lag vor ihnen. Gerade schob sich ein alter Mann mühsam in seinem quietschenden Rollstuhl an ihnen vorbei.

»Ich dachte, das sei so eine Art Wohnheim«, raunte Peter.

»Sieht eher wie ein Pflegeheim aus. Mrs Jones scheint es schlechter zu gehen, als wir angenommen hatten.«

»Kann ich euch helfen?« Eine Frau im weißen Kittel einer Pflegerin streckte ihren Kopf aus einem kleinen gläsernen Büro. Ihre schwarzen Haare waren streng zurückgebunden und sie blickte die drei ??? ohne eine Spur von Freundlichkeit an.

»Ja, wir suchen Mrs Jones. Josephine Jones.«

Ihr Gesicht verfinsterte sich noch mehr. »Mrs Jones ist nicht zu sprechen.«

»Ist sie nicht im Haus?«, wollte Justus wissen.

»Doch. Seid ihr Verwandte?«

»Nein, wir –«

»Nur Verwandten ist der Besuch gestattet«, erklärte die Pflegerin knapp. »Und nun verschwindet.«

»Ich denke, Mrs Jones sollte selbst entscheiden, wen sie empfangen möchte und wen nicht«, sagte Justus entrüstet.

»Das hat sie bereits. Sie will niemanden sehen.« Wütend verschränkte die Frau die Arme vor der Brust und wippte abwartend mit dem rechten Fuß.

Nun versuchte Peter sein Glück: »Vor kurzem hat sie aber Besuch von einem Journalisten bekommen, der –«

»Wusste ich doch, dass es wieder um diese verdammte Geschichte geht! Seit dieser Artikel erschienen ist, ist hier die Hölle los. Mrs Jones möchte mit keinem Journalisten mehr sprechen! Wenn ihr eine Story für eure Schülerzeitung sucht, dann tut das gefälligst woanders!«

»Es geht nicht um eine Schülerzeitung, sondern –«

»Um diesen verdammten Film, ich weiß«, fuhr sie Bob an.

Der Dritte Detektiv stutzte. »Wie viele Leute waren deswegen denn schon hier?«

»Ein halbes Dutzend. Die meisten haben wir wieder weggeschickt. Eine Frau war besonders hartnäckig. Sie stand plötzlich in Mrs Jones' Zimmer, ohne dass sie jemand reingelassen hatte. Die arme Mrs Jones war danach ganz aufgeregt. Wir mussten ihr Beruhigungsmittel geben. Seitdem lassen wir niemanden mehr zu ihr.« Sie sah ihnen ernst in die Augen. »Die ganze Sache ist zu anstrengend für sie. Bitte geht jetzt!«

»Na schön«, lenkte Justus ein. »Bestellen Sie ihr einen schönen Gruß!« Er wandte sich ab und trottete aus dem Gebäude, gefolgt von Peter und Bob.

»Das wundert mich jetzt aber«, begann Peter, als sie ein paar Meter weit gegangen waren. »Du lässt dich doch normalerweise nicht so schnell abwimmeln, Just.«

»An diesem Drachen wären wir nie vorbeigekommen, da hätte ich mir den Mund fusselig reden können. Aber dieses Haus hat garantiert einen Hintereingang. Wir werden Josephine Jones schon finden, keine Sorge.« Entschlossen ging er die Straße entlang bis zur Parkplatzeinfahrt, um auf die Rückseite des Pflegeheims zu kommen.

»Meinst du, dass das eine gute Idee ist?«, fragte Peter. »Du hast doch gehört, was die Schwester gesagt hat: Der letzte Besuch war zu viel für Mrs Jones. Vielleicht sollten wir sie wirklich besser in Ruhe lassen.«

»Wir wollen sie ja nicht überfallen, sondern uns nur mit ihr unterhalten. Wer weiß, was diese Reporterin mit ihr angestellt hat.«

»Und wenn wir erwischt werden?«

»Meine Güte, Peter! Wir lassen uns nicht erwischen!«

Der hintere Teil des Parkplatzes war für Lkws reserviert. Hier gab es eine kleine Laderampe, über die man große Objekte durch eine große metallene Doppeltür ins Innere des Gebäudes transportieren konnte. Ein Lastwagen fuhr gerade vor und öffnete die Ladeluke. »Die bringen wahrscheinlich die Lebensmittel für die ganzen Bewohner des Heims. Das ist unsere Chance!« Justus ging schnurstracks auf die Tür zu. »Was hast du denn vor?«, zischte Bob.

»Wir gehen rein, was hast du denn gedacht?«

»Einfach so?«

»Klar.«

»Und wenn uns jemand fragt, was wir da zu suchen haben?«

»Wenn wir ganz selbstverständlich durchmarschieren, wird uns niemand fragen«, behauptete der Erste Detektiv. »Stumpf ist Trumpf!«

Der Lkw-Fahrer schob gerade die Lebensmittel auf einem metallenen Rollcontainer über die Rampe, als die drei ??? einfach an ihm vorbei in das Gebäude gingen. Kahle Betonwände empfingen sie. Ein Schild wies nach rechts zum Kühlraum, links war ein Lastenaufzug, daneben eine Treppe. Justus ging zielstrebig darauf zu. Doch kurz bevor sie die Treppe erreichten, bog ein Mann um die Ecke des Ganges und erblickte die drei ???. »He! Wo wollt ihr denn hin?«

»Äh ...«, begann Peter.

»Zur Küche«, log Justus ins Blaue hinein.

Der Mann lachte rau. »Ah, Sozialstunden ableisten, was? Ihr habt was ausgefressen und müsst nun im Pflegeheim Kartoffeln schälen. Dann aber schnell, das Abendessen wird gerade zubereitet. Wisst ihr, wo es langgeht?«

»Nein, wir ... wir sind zum ersten Mal hier«, antwortete Bob.

»Zweiter Stock, den Gang runter, immer dem Lärm nach.«

»Danke sehr!«, rief Justus und erklomm eilig die Stufen, bevor der Mann noch mehr fragen konnte. Als sie außer Hörweite waren, raunte er seinen Freunden zu: »Seht ihr? Funktioniert doch!«

»Ja, ausgezeichnet«, stöhnte Peter. »Mir wäre gerade fast das Herz stehen geblieben.«

»Jetzt wissen wir schon mal, wohin wir nicht müssen: in den zweiten Stock.«

»Am besten gehen wir ganz hoch und klappern das Haus vom obersten Stockwerk nach unten ab«, schlug Justus vor.

Auf der Treppe begegnete ihnen zum Glück niemand. Wahrscheinlich gab es im Inneren einen Personenaufzug. In der siebten Etage war endlich Schluss. Justus öffnete die Metalltür und trat auf einen leeren Flur hinaus. Auch hier graue PVC-Böden und kaltes Neonlicht. Direkt neben der Tür befand sich das Schwesternzimmer dieses Stockwerks, die Tür stand offen, doch es war gerade niemand da. In dem Flur reihte sich Zimmer an Zimmer.

»Wir haben Glück«, bemerkte Bob. »Die Namen der Bewohner stehen an den Türen. Jetzt müssen wir nur noch Josephine Jones finden.« Sie gingen den Gang entlang und suchten nach dem richtigen Türschild. Eine alte Frau kam ihnen schlurfend entgegen, schien sie jedoch gar nicht wahrzunehmen. Justus nickte ihr grüßend zu, doch sie verschwand stumm in einem der Räume.

Sie kamen an einem Gemeinschaftsraum vorbei, in dem einige alte Menschen saßen und fernsahen. Eine Pflegekraft war bei ihnen, doch sie bemerkte die drei ??? nicht. Schließlich hatten sie dieses Stockwerk durchkämmt und gingen über die Treppe eines tiefer. Dutzende von Türen, aber keine gehörte zu Mrs Jones. Im fünften Stockwerk kam ihnen eine misstrauisch dreinblickende Pflegerin entgegen, die gerade einen Bewohner im Rollstuhl vor sich herschob. Peter hätte am liebsten sofort kehrtgemacht, doch Justus ließ sich nicht beirren und ging zielbewusst weiter durch den Flur. Er hoffte, die Schwester würde ihn nicht ansprechen, doch als sie gerade an ihr vorbei waren, wandte sie sich um und fragte: »Kann ich euch helfen? Sucht ihr jemanden?«

Bob begann zu stottern. »Nein, äh ... wir –«

»Ja, wir suchen Mrs Smith«, fuhr Justus dazwischen und lächelte freundlich. »Wir sind ihre Enkel.«

Sie runzelte die Stirn. »Ich wusste gar nicht, dass Mrs Smith Enkel hat.«

»Wir haben sie auch noch nie besucht«, fuhr Justus fort. »Wir kommen nicht aus Kalifornien.«

Nun lächelte sie. »Ihr Zimmer ist im dritten Stock. Nummer 311.«

Der Erste Detektiv nickte ihr dankbar zu und setzte seinen Weg fort. Erst im Treppenhaus wagte Bob aufzuatmen. »Das war knapp. Woher wusstest du, dass hier eine Mrs Smith wohnt, Just?«

»Ich wusste es nicht. Aber da Smith der häufigste amerikanische Nachname ist, standen die Chancen nicht schlecht, dass ich einen Treffer lande.«

Der Dritte Detektiv schüttelte den Kopf. »Und ich hätte uns fast verraten. Du hast Nerven!«

»Ich weiß gar nicht, warum ihr so nervös seid«, behauptete Justus. »Wir begehen doch kein Verbrechen! Wir wollen lediglich jemanden besuchen.«

Im vierten Stock wurden sie schließlich fündig. »Hier steht es!«, raunte Peter. »Josephine Jones!«

Justus sah sich prüfend um, doch in diesem Moment waren sie allein auf dem Flur. Er klopfte leise an die Tür. Niemand antwortete.

»Vielleicht ist sie schwerhörig«, flüsterte Bob.

Justus klopfte erneut, diesmal lauter. Keine Reaktion. »Mrs Jones?« Als sich immer noch nichts rührte, drückte er entschlossen die Klinke herunter. Die Tür war unverschlossen. Langsam traten sie in einen kleinen Raum. Er war verlassen. »Hier sieht es so nüchtern aus wie in einem Hotelzimmer«, bemerkte Peter. An einer Wand stand ein einfaches Bett, es gab einen kleinen Schreibtisch, einen Schrank, einen Sessel und eine Schiebetür, die ins Bad führte. Lediglich das gefüllte Bücherregal und die vielen Fotografien an den Wänden verliehen dem Zimmer eine persönliche Note. Justus warf einen Blick auf die Fotos. Die meisten waren Schwarzweißaufnahmen: Josephine Jones in jungen Jahren bei Filmpremieren, zusammen mit Freunden und im Arm eines Mannes, den Justus als Edward Truman erkannte.

»Sie ist nicht hier«, stellte Bob verspätet fest. »Wahrscheinlich in irgendeinem Gemeinschaftsraum. Hauen wir ab!« Er drehte sich um, öffnete die Tür – und schloss sie sogleich wieder.

»Was ist los, Bob?«

Er legte den Zeigefinger auf die Lippen und zischte: »Da ist jemand auf dem Flur! Ein Pfleger und eine alte Frau. Wir müssen warten, bis sie vorbei sind!« Sie lauschten. Langsam kamen Schritte näher. Dann hörten sie eine Stimme: »Da sind wir, Mrs Jones. Hereinspaziert!«

Fragen Sie die Götter!

Die drei ??? blickten sich panisch an. »Die kommen hier rein!«, keuchte Bob.

»Los! Verstecken!« Peter öffnete in Windeseile die Schranktür und quetschte sich zwischen die Kleider. Leise zog er den Schrank von innen zu. Bob blickte gehetzt um sich. Dieser Raum war einfach zu klein, um noch andere Versteckmöglichkeiten zu bieten. Inzwischen waren die Schritte direkt vor der Zimmertür. Jeden Moment würde jemand reinkommen! Bob warf sich auf den Boden und kroch unter das Bett. Justus verschwand in letzter Sekunde im Badezimmer, kletterte in die Dusche und zog den Vorhang zu. Dann öffnete sich auch schon die Tür.

»Vielen Dank, Mister«, erklang eine alte, brüchige Stimme.

»Gern geschehen«, erwiderte der Pfleger. »Kommen Sie zurecht?«

»Aber ja, aber ja, ich bin ja keine alte Frau!«

»Ich werde Sie in zwanzig Minuten zum Essen abholen. Vergessen Sie Ihre Medikamente nicht!«

»Nein, nein, nein, nein.«

Die Tür fiel ins Schloss. Schlurfende Schritte näherten sich dem Bad. Die Tür wurde aufgeschoben, das Licht eingeschaltet und Josephine Jones' Schatten fiel von außen auf den Duschvorhang. Was sollte Justus jetzt tun? Wenn er auch nur einen Laut von sich gab, würde die alte Dame wahrscheinlich einen Herzinfarkt bekommen. Andererseits war es auch absurd, zwanzig Minuten zu warten, bis sie wieder verschwunden war. Immerhin waren sie hier, um mit ihr zu reden! Justus fasste einen Entschluss. Er räusperte sich. »Mrs Jones?«

»Huch! Huch! Wer ist da?«

Justus zog den Vorhang beiseite. »Haben Sie keine Angst, Mrs Jones. Mein Name ist Justus Jonas. Es tut mir Leid, dass ich in Ihr Zimmer eingedrungen bin. Ich möchte mit Ihnen sprechen.«

Vor ihm stand in gebückter Haltung eine kleine, runzelige Frau mit schlohweißen Haaren. Justus war überrascht, wie vergleichsweise jung sie aussah, dabei musste sie schon etwa neunzig Jahre alt sein. Sie trug ein schlichtes Hauskleid und starrte ihn aus großen Augen und mit offenem Mund an. In ihrer knochigen Hand hielt sie zwei oder drei Pillen, die sie wohl gerade schlucken wollte, mit der anderen stützte sie sich auf einen Stock. Seine Worte schienen gar nicht zu ihr durchgedrungen zu sein. Doch plötzlich verzogen sich die zahllosen Falten in ihrem Gesicht zu einem Lächeln. »Ach, ich weiß schon, Sie sind wegen der Dusche hier, Mister.«

Justus runzelte die Stirn. »Wegen der Dusche? Nein, Mrs Jones, ich bin hier, weil ich mit Ihnen reden möchte.« Er kletterte aus dem Keramikbecken heraus. »Zwei meiner Freunde sind auch hier. Kommen Sie, ich stelle sie Ihnen vor.« Er trat hinaus. Peter und Bob hatten das Gespräch mitbekommen und waren bereits aus ihren Verstecken gekrochen. So blieb Mrs Jones ein weiterer Schock erspart.

»Huch! Wie kommen Sie denn hier rein?«

»Wie ich schon sagte, es war nicht unsere Absicht, hier einzubrechen, Mrs Jones. Wir waren nur auf der Suche nach Ihnen. Das sind Peter Shaw und Bob Andrews.«

»Sie haben sich aber böse verletzt«, bemerkte sie und betrachtete Peters zerschundenes Gesicht. Dann blickte sie irritiert von einem zum anderen. »Und Sie sind nicht wegen der Dusche hier? Aber sonst ist doch nichts kaputt!«

»Wir sind nicht hier, um etwas zu reparieren, sondern um mit Ihnen zu sprechen, Mrs Jones«, versuchte Justus es erneut. »Bitte setzen Sie sich doch.«

»Aber ich bin doch hier zu Hause«, sagte sie lächelnd. »Ich muss Ihnen einen Platz anbieten, Mister. Setzen Sie sich, setzen Sie sich!« Sie schlurfte zum Bett hinüber und ließ sich im Zeitlupentempo darauf nieder. Justus nahm auf dem Schreibtischstuhl Platz, Bob und Peter hockten sich auf die Sessellehnen. »Was also wollen Sie reparieren?«

Justus seufzte. »Gar nichts, Mrs Jones. Wir möchten mit Ihnen über Ihre Filme sprechen.«

Ihr Gesicht hellte sich auf. »Über meine Filme! Haben Sie sie gesehen, Mister?«

»Ein paar«, log Justus.

»Welcher hat Ihnen am besten gefallen? Bestimmt ›Engel in Schwarz‹, nicht wahr?«

Justus merkte, dass er auf dem richtigen Weg war. Er lächelte freundlich. »Genau. Sie waren großartig darin.«

Sie verzog das Gesicht. »Das sagen alle. Aber es war ein schlechter Film. Der Regisseur war ein Stümper. Und was ist mit Ihnen?« Sie wandte sich an Bob und Peter.

»Äh ...«

»Mir gefiel besonders Ihr erster Film, den Sie zusammen mit Edward Truman gemacht haben«, erwiderte Bob.

Sie nickte lächelnd und blickte versonnen zur Decke. »Der gute Edward. Er war ein Genie.« Dann sah sie wieder die drei ??? an und strahlte über das ganze Gesicht. »Sie wollen doch bestimmt ein Autogramm haben!«

»Aber ... aber natürlich«, behauptete Peter.

Sie zog die Schublade ihres Nachttisches auf und holte drei kleine Zettel und einen Stift heraus. Mit zittrigen Fingern krakelte sie ihren Namen auf das Papier. »Früher konnte ich das besser«, murmelte sie verbissen. »Ich werde wohl doch langsam alt.« Sie reichte die drei Zettel weiter. »Bitte sehr. Kann ich sonst noch etwas für Sie tun?«

»Erzählen Sie uns etwas über Edward Truman«, bat Bob.

»Edward!«, rief Mrs Jones und das Strahlen kehrte auf ihr Gesicht zurück. »Er war ein guter Mensch! Erinnern Sie sich an den Tag der Premiere von ›Goldener Staub‹? Ach nein, dafür sind Sie wohl zu jung. Damals war er so wundervoll!«

Sie beugte sich verschwörerisch vor: »Wissen Sie, seine Frau war damals schon seit ein paar Jahren tot und wir waren ein Liebespaar. Er hat mir zur Premiere des Films eine mit Goldstaub bestreute Rose geschenkt. Ist das nicht romantisch? Wir waren so glücklich!« Plötzlich veränderte sich ihr Gesichtsausdruck. Sie sah traurig und verängstigt aus. »Bis zu ›Utopia‹.«

Justus horchte auf. »Was haben Sie da gerade gesagt? Bis zu ›Utopia‹? Meinen Sie den Film?«

Erschrocken blickte sie ihn an. »Jetzt habe ich es verraten!«, keuchte sie. »Dabei war es doch ein Geheimnis!«

»Was war ein Geheimnis?«, hakte Justus nach.

»Nichts, nichts«, antwortete sie schnell und blickte zur Seite.

»Wir wissen von dem Film, Mrs Jones«, beteuerte Justus. »Es ist kein Geheimnis mehr.«

»Nichts wisst ihr!«, erwiderte sie wütend. »Dieser Film hat Edward und mich auseinander gebracht.«

»Warum denn? Was ist damals geschehen? Warum wurde der Film nie gezeigt?«

Sie schwieg.

»Ist er jemals fertig gestellt worden?«

»Ja. Jedenfalls so gut wie.«

»Und wo befindet er sich jetzt?«

»Das wissen nur die Götter«, antwortete Mrs Jones stur.

»Warum wollen Sie es uns nicht erzählen?«, fragte Peter vorsichtig.

»Weil ich es nicht weiß«, behauptete sie. Demonstrativ blickte sie aus dem Fenster. »Nur die Götter kennen das Geheimnis.«

»Welches Geheimnis?«

Keine Reaktion.

»Mrs Jones?«

»Fragen Sie die Götter! Was wollten Sie doch gleich reparieren?«

»Selten so eine komische Frau erlebt«, murmelte Bob, als sie zurück zum Schrottplatz radelten. Sie hatten noch fünf Minuten lang versucht Josephine Jones zum Reden zu bringen, doch sie hatte beharrlich geschwiegen. Dann hatte Bob seine Freunde darauf aufmerksam gemacht, dass der Pfleger jeden Moment zurückkommen konnte, also hatten sie sich von Mrs Jones verabschiedet und das Gebäude durch den Hinterausgang verlassen. »Ich bin immer noch nicht ganz sicher, ob sie wirklich senil war oder nur so getan hat. Was meint ihr?«

»Die war nicht mehr ganz richtig im Kopf«, meinte Peter. »›Fragen Sie die Götter!‹ Und dann dieses ständige Gefasel von irgendwelchen Reparaturen. Ich glaube nicht, dass sie uns damit nur auf den Arm nehmen wollte.«

»Auf jeden Fall sind wir keinen Schritt weitergekommen«, stellte Bob fest.

»Das würde ich nicht sagen«, widersprach Justus.

»Die Erinnerung an Edward Truman und ›Utopia‹ hat sie aufgeregt. Irgendetwas muss damals vorgefallen sein, dass sie selbst jetzt noch etwas vor uns verbergen will.«

»Sie hat sich von ihrem Lover getrennt. Wahrscheinlich weil er so viel Stress mit seinem Film hatte. Das ist alles, wenn ihr mich fragt«, vermutete der Zweite Detektiv.

»Auf jeden Fall gab es den Film wirklich«, fuhr Justus fort. »Das ist doch ein Anhaltspunkt!«

»Vorausgesetzt, die Alte kann die Fantasie noch von der Realität unterscheiden.«

Sie erreichten das Gebrauchtwarencenter T. Jonas, ließen sich über den staubigen Schrottplatz rollen und stellten die Räder ab. In der Zentrale gab es ein großes Gedränge am Kühlschrank – jeder wollte als Erster eine Erfrischung. Dieser Tag war ungewöhnlich heiß gewesen. Schließlich saßen sie erschöpft in den Sesseln.

»Und was jetzt? Wie machen wir weiter?«, wollte Bob wissen und blickte seine Freunde an.

»Nun ja, wir haben noch eine zweite Spur«, sagte Justus.

»Stanley Truman, den Sohn des Regisseurs. Wenn er noch in der Nähe lebt, können wir ihn besuchen.«

»Wahrscheinlich sind wir nicht die Ersten, die darauf kommen«, vermutete Peter. »Wenn sogar schon Josephine Jones von Reportern belagert wird, wie wird das dann erst bei Stanley Truman sein?«

»Versuchen können wir es«, meinte Justus und schaltete den Computer ein.

»Was hast du vor?«

»Ich werde unsere Adressen-CD-ROM einlegen und im Großraum Los Angeles nach Stanley Truman suchen. Das geht schneller als das Telefonbuch zu wälzen und ist billiger als die Auskunft.« Er lud das Programm und gab als Suchbegriff ›Truman‹ ein. »Jetzt bin ich mal gespannt. Da haben wir es ja schon. Truman ... Truman ...« Er ließ die Namen über den Bildschirm scrollen. »Stanley Truman! Es gibt drei. Einer wohnt in Torrance, einer in Beverly Hills, einer in Norwalk.«

»Wenn Edward Truman nicht gerade verarmt gestorben ist, scheiden Torrance und Norwalk wohl aus«, sagte Bob. »Ich tippe auf Beverly Hills.«

»Das ist am wahrscheinlichsten«, stimmte Justus zu, notierte die Adresse und Telefonnummer und schaltete den Computer aus.

»Und jetzt? Rufst du an?«

»Wenn du Recht hast, Peter, dann dürfte Mr Truman schon ziemlich genervt sein von all den Leuten, die ihn wegen seines berühmten Vaters sprechen wollen. Beverly Hills ist nicht weit. Wir sollten gleich hinfahren.«

Der Zweite Detektiv runzelte die Stirn. »Hinfahren? Meinst du, er ist von einem Besuch begeisterter als von einem Anruf?«

»Nein. Aber bei einem Besuch kann er nicht auflegen.«

»Er kann uns rausschmeißen«, gab Bob zu bedenken.

»Schon. Aber bis dahin können wir ihn davon überzeugen, dass es uns nicht um eine Story für irgendein

Käseblatt geht, sondern um das Lösen eines Rätsels. Vielleicht ist er auf unserer Seite.«

»Dein Optimismus fasziniert mich immer wieder, Just. Aber heute ist es zu spät. In einer halben Stunde geht schon die Sonne unter.«

»Na und? Richtig dunkel ist es erst in einer Stunde. Bis dahin schaffen wir es locker nach Beverly Hills – wenn wir den Wagen nehmen.«

»Du bist nur zu faul, um den ganzen Weg zu radeln«, stellte Peter fest. »Aber mir soll es recht sein. Nach Beverly Hills ist es ziemlich bergig. Und von Abfahrten mit dem Rad habe ich erst mal die Nase voll.«

»Wir können quer durch Beverly Hills fahren und ganz normal über die Straße zum Haus von Mr Truman kommen, aber das ist ein Umweg«, sagte Peter, als er auf dem Beifahrersitz von Bobs gelbem VW Käfer saß und die Karte in der Hand hielt.

»Was ist die Alternative?«

»Wir biegen schon vor dem Ortseingang links ab und fahren bis zum Waldrand. Dann müssen wir ein Stück zu Fuß gehen und nähern uns dem Grundstück von hinten. Dort müsste es auch einen Zugang geben. Theoretisch jedenfalls.«

»Probieren wir es«, stimmte Bob dem Vorschlag zu und verließ den Sunset Boulevard, noch bevor sie Beverly Hills erreichten. Schnell wurde die Gegend einsamer. Wo zuvor noch das Highsociety-Leben von Los Angeles getobt hatte, säumten nun schlichte Einfamilienhäuser die schmale, steil ansteigende Straße. Schon nach einer Meile wich die Bebauung links einer weitläufigen Orangenplantage, rechts dem dunklen Grün eines großen Eichenwaldes.

»Anhalten!«, wies Peter den Dritten Detektiv an. »Von hier aus ist es nicht mehr weit!«

Bob parkte den Wagen am Straßenrand, sie stiegen aus und suchten einen Eingang in den Wald. Justus hatte bald einen kleinen Weg gefunden. Der Wald war nicht sehr groß, eigentlich war es nur ein schmaler Streifen. »Da drüben hören die Bäume schon wieder auf«, stellte Justus fest.

Die Eichen wichen zurück und gaben den Blick auf ein kleines Tal am Rande von Beverly Hills frei. In der Ferne waren die Straße und die Villen der Neureichen zu erkennen. Ohne Zweifel die richtige Gegend für den Sohn eines berühmten Regisseurs. Nicht weit von ihnen entfernt, in der Mitte des Tals, lag ein kleines, weißes Haus. Als Dach hatte es eine auffällige Kuppel, die dem Gebäude etwas Tempelartiges verlieh. »He! Das Haus kenne ich!«, rief Bob.

»Woher?«

»Es war in einem der Artikel abgebildet, die ich über Edward Truman gefunden habe. Ich erinnere mich an die Kuppel.«

»Dann lebt Stanley also im Haus seines Vaters«, folgerte Peter. »Na ja, bei so einem schicken Bau würde ich das auch tun.«

Sie betrachteten noch eine Weile das im Grünen gelegene Häuschen. Die untergehende Sonne färbte die weißen Fassaden langsam rot. Die Schatten der umliegenden Bäume schoben sich in das Tal. Plötzlich keuchte Justus überrascht. »Meine Güte!«

»Was ist denn los, Just?«

»Seht ihr es denn nicht?«

»Was, zum Teufel?«

»Na, da!« Er zeigte hinunter ins Tal.

»Da steht ein wunderschönes Haus mit einem Kuppeldach«, sagte Peter ungerührt. »Und?«

»Um das Haus herum!«

»Ist ein Garten.«

Nun bemerkte es auch Bob. »Das ist kein Garten!«, stellte er verblüfft fest.

Peter kniff die Augen zusammen. Was er für kleine Bäume oder Büsche gehalten hatte, waren Hecken. Sie umschlossen das Haus und wanden sich wie endlose Schlangen durch das Tal. Die dazwischen liegenden Wege hatten zunächst völlig willkürlich ausgesehen, doch auf den zweiten Blick verwandelten sie sich in ein bizarres Muster, das den gesamten Garten ausfüllte.

»Ein Labyrinth!«

Im Labyrinth

»Das ist ja riesig!«, staunte Bob. »Das ... das ist unglaublich!«

»Ein echter Irrgarten, im wahrsten Sinne des Wortes. Größer als ein Footballfeld!«

»Himmel, es muss Jahre dauern, die Hecken zu schneiden«, überlegte Peter. »Wahrscheinlich kann man vorne wieder anfangen, wenn man einmal durch ist. Sagt mal, müssen wir da jetzt etwa durch, um zum Haus zu kommen?«

»Sieht fast so aus«, meinte Bob. »Seht mal, auf der Seite, die zur Straße führt, gibt es einen breiten Weg quer durch das Labyrinth. Aber hier nicht. Wir hätten wohl doch durch Beverly Hills fahren sollen.«

»Zu spät«, sagte Justus lakonisch. »Ich habe jedenfalls keine Lust umzukehren. Wir gehen einfach durch das Labyrinth.«

»Und wenn wir uns verirren?«, warf Peter ein.

Justus winkte ab. »So kompliziert wird es schon nicht sein.« Entschlossen machte er sich über den grasbewachsenen Hang auf den Weg hinunter ins Tal. Schon bald erreichten sie den Heckenwall.

»Und jetzt?«, fragte Bob ratlos. »Hier ist kein Eingang. Sollen wir einmal ganz außen herummarschieren? Das dauert ja ewig.«

»Durchschlagen können wir uns jedenfalls nicht. Dazu ist die Hecke viel zu dicht.«

»Wir können nicht einmal drübersehen«, stellte Justus fest und sprang in die Höhe. Es reichte nicht, um einen Blick über die Hecke zu erhaschen. »Gehen wir erst mal rechtsrum. Irgendwo wird schon ein Eingang sein.« Justus behielt Recht. Nach etwa hundert Metern gab es eine Lücke. »Der Eingang zum Labyrinth.« In freudiger Erwartung rieb er sich die Hände. »Dann mal los!«

»Du kannst es kaum abwarten, dich zu verirren, was?«, spottete Peter.

»Ach was! Wir werden uns nicht verirren!« Justus trat durch die Öffnung und wandte sich nach links. Widerstrebend folgten ihm Bob und Peter. Der kiesbestreute Weg zwischen den beiden Hecken machte eine lang gezogene Kurve ins Innere des Labyrinths und führte sie schließlich auf eine Kreuzung. Ohne lange nachzudenken ging Justus geradeaus weiter. Nach zwei oder drei Knicken endete der Gang vor einer undurchdringlichen grünen Mauer.

»Das war wohl nichts«, bemerkte Peter hämisch. »Zurück zur Kreuzung!«

Diesmal probierten sie den rechten Weg. Er schlängelte sich schier endlos durch das Tal ohne eine einzige Abzweigung, doch irgendwann wurde ihnen auch hier der Weg von einer dornigen Hecke versperrt.

»Darf ja wohl nicht wahr sein«, maulte Peter. »Wieder zurück!«

Die letzte der Möglichkeiten stellte sie nach zwanzig Metern vor eine neue Wahl: links oder rechts? Diesmal wählte Bob intuitiv eine Richtung aus, die sie tiefer in das Labyrinth hineinführte. Es gab immer mehr Gabelungen und Kreuzungen und schon bald hatten die drei ??? vollständig die Orientierung verloren.

»Ich weiß gar nichts mehr«, bekannte Peter. »Gehen wir überhaupt noch in die richtige Richtung? Mir kommt es vor, als wären wir an dieser Kreuzung schon einmal gewesen.«

»Das bildest du dir ein«, widersprach Justus. »Die Kreuzungen sehen sich bloß alle sehr ähnlich.«

»Das macht die Sache nicht gerade einfacher. Aber wie gut, dass wir auf den großartigen Ersten Detektiv Justus Jonas gehört haben, der felsenfest davon überzeugt war, sich nicht zu verirren.«

»Ich dachte nicht, dass es so schwierig ist.«

»Ach was!« Wütend kickte Peter einen kleinen Stein über den Weg.

»Ab jetzt sollten wir jeden Weg, den wir nehmen, markieren, damit wir wissen, ob wir wirklich im Kreis gehen.« Justus malte mit der Schuhspitze ein Fragezeichen in den Kies und betrat den nächsten Gang.

»Die Sache hat nur einen Haken«, gab Bob zu bedenken, während er dem Ersten Detektiv folgte. »Es wird langsam dunkel. Wenn wir in zehn Minuten keinen Ausgang gefunden haben, helfen uns die Fragezeichen auch nicht weiter.«

»Kein Problem! Zehn Minuten sind mehr als genug!«

Justus war keineswegs überzeugt von seinen Worten, doch er konnte unmöglich zugeben, dass auch er langsam Zweifel bekam. Entschlossen wählte er an der nächsten Abzweigung eine Richtung, markierte sie mit dem Fragezeichen und setzte seinen Weg fort. Kreuz und quer ging es weiter durch den Irrgarten, bis es schließlich so dunkel wurde, dass die Hecken nur noch schwarze Mauern waren. Die Markierungen auf dem Boden waren längst nicht mehr zu erkennen. Immer öfter übersahen sie die schmalen Durchgänge in der Heckenwand. Schließlich blieb Peter wütend stehen. »Zehn Minuten sind mehr als genug, ja? Ich habe nicht den blassesten Schimmer, wo wir sind, Justus Jonas! Und ich habe auch keine Lust, hier noch weitere Stunden durch die Dunkelheit zu tappen. Hast du einen Plan?«

»Nun ja«, begann Justus verlegen, »es gibt eine absolut sichere Methode, wie man aus jedem Labyrinth herauskommt.«

»Und die wäre?«

»Man läuft immer an der rechten Wand entlang. Oder an der linken, ganz wie man will.«

»Und was soll das bringen?«, fragte Peter verständnislos.

Bob wusste die Antwort: »Wenn man sich immer an einer Seite hält, läuft man den Irrgarten systematisch ab. Man betritt buchstäblich jeden einzelnen Weg und irgendwann landet man damit zwangsläufig am Ausgang. Der Nachteil an dieser Methode ist: Man nimmt unter Umständen gigantische Umwege in Kauf. Der Vorteil: Es funktioniert auch im Dunkeln.«

»Na toll. Wenn ich das richtig einschätze, umfasst dieser Garten mindestens fünf Meilen Weg. Glaubt ihr im Ernst, die latsche ich jetzt ab?«

»Die Frage ist, was schneller geht: eine systematische Suche oder zielloses Umherirren.«

»Diskutiert ihr ruhig weiter, ich gehe dann schon mal!« Peter wandte sich um, ging um eine Kurve – und fuhr vor Schreck zusammen. Zehn Meter von ihm entfernt stand eine Gestalt. Ihre weiße Kleidung schimmerte unheimlich in der Dunkelheit. Ohne sich zu rühren blickte sie Peter an. »Bob! Justus!«, zischte er. »Kommt mal her!«

Neugierig traten sie heran. Jetzt standen sie der Gestalt zu dritt gegenüber. Sie hatte sich noch immer keinen Zentimeter bewegt. Und würde es auch nicht tun.

»Das ist eine Statue«, stellte Bob fest.

Peter kniff die Augen zusammen. »Tatsächlich. Und ich dachte, da steht jemand. Ich glaube, ich brauche mal eine Brille.«

»Wäre gar nicht so doof gewesen, wenn dort wirklich jemand gestanden hätte«, warf Bob ein. »Dann hätten wir nach dem Weg fragen können. Die Statue wird uns leider keine Auskunft geben können.«

»Wer weiß. Vielleicht ist sie eine Art Wegweiser«, überlegte Justus.

Sie gingen auf die Figur zu. Aus weißem Stein war ein alter Mann mit gewaltigem Bart gehauen. Er trug ein weites Gewand und eine Art Zepter in der Hand. Herrisch blickte er in die Ferne. Seine Gesichtszüge hatten etwas Griechisches. »Zeus«, sagte Justus.

»Was?«

»Das ist Zeus, der Göttervater in der griechischen Mythologie, Sohn von Kronos und Rhea, Herrscher über Himmel und Erde, Urheber von Blitz und Donner, Bezwinger der Titanen, Gott der –«

»Schon gut!«, unterbrach Peter seinen Redeschwall. »Wir haben es begriffen. Zeus halt. Die Details kannst du uns ersparen.«

»Dein Mangel an Wissensdurst ist beklagenswert«, fand Justus, fuhr jedoch nicht mit seinen Erläuterungen fort.

»Woher weißt du so genau, dass es Zeus ist?«, fragte Bob. »Könnte doch auch ein anderer Gott sein.«

»Da steht es!« Justus wies auf den Sockel, auf dem die Statue stand. Der Name war in den Stein gemeißelt.

Peter kratzte sich am Kinn. »Herrscher über Himmel und Erde, ja? Das bringt mich auf eine Idee.« Er ging auf das Götterbild zu und rüttelte daran. »Scheint im Boden verankert zu sein. Sehr gut.« Er legte die Arme um Zeus' Hals und begann sich daran hochzuziehen.

»Was machst du denn da?!«, rief Bob entsetzt.

»Ich benutze Zeus als Aussichtsturm, damit wir endlich wissen, wo genau in diesem verfluchten Labyrinth wir uns überhaupt befinden.«

»Du brichst noch den Kopf ab!«

»Ach was, der hält schon.« Peter stellte seinen Fuß in

die Armbeuge der Statue, stemmte sich hoch und nahm schließlich auf Zeus' Schultern Platz.

»Und was siehst du?«

»Das Haus. Wir sind tatsächlich näher gekommen. Immerhin etwas. Es ist übrigens jemand zu Hause, das Licht brennt.«

»Kannst du den Weg dorthin erkennen?«

»Machst du Witze? Ich sehe nur Hecken, kreuz und quer. Aber immerhin kennen wir jetzt die Richtung.«

»Das bringt uns bloß nichts«, meinte Justus. »Dies ist ein Irrgarten. Wenn ich ihn angelegt hätte, hätte ich dafür gesorgt, dass man erst nach links gehen muss, um nach rechts zu kommen, und erst nach außen, um ins Zentrum zu gelangen.«

»Na ja, ein kleines Stück kann ich überblicken«, korrigierte sich Peter. »Ich weiß schon mal, dass es dort vorn an der Kreuzung keinen Sinn hat, geradeaus oder links zu gehen, das sind nämlich beides Sackgassen.«

»He! Das ist doch die Lösung!«, rief Bob. »Wir müssen einfach immer mal wieder über die Hecken gucken.«

»Und wie, du Schlaumeier? Hier stehen schließlich nicht überall Statuen herum.«

»Indem wir auf Justs Schultern klettern.«

»Auf meine?« Der Erste Detektiv war empört. »Warum ausgerechnet auf meine?«

»Weil du uns in diese Lage gebracht hast!«, erwiderte Peter energisch.

»Und außerdem willst du uns hoffentlich nicht zumuten dich auf die Schultern zu nehmen, oder?«, spottete Bob.

»Wieso denn nicht?«

»Weil du mehr wiegst als wir beide zusammen!«

»Das ist ja wohl leicht übertrieben!«, protestierte Justus.

»Es hat gar keinen Zweck, sich aufzuregen, Just, du bist überstimmt«, stellte Peter fest. »Los, komm her, ich klettere jetzt gleich auf deine Schultern, von hier aus kann ich am einfachsten hochsteigen.«

»Und dann? Soll ich mit dir durch das Labyrinth laufen oder wie stellst du dir das vor?«

»Sicher! Dann geht es am schnellsten!«

Justus wollte Widerspruch einlegen, doch dann bemerkte er die düsteren Blicke seiner Freunde. Ausnahmsweise hatten sie Recht: Er war dafür verantwortlich, dass sie sich verlaufen hatten. Aber wer konnte denn ahnen, dass dieser Irrgarten so kompliziert war!

»Also schön«, seufzte er. »Ich spiele den Packesel.«

Er stellte sich neben das Standbild und Peter kletterte auf Justus' Schultern, wobei dieser gequält ächzte und stöhnte. Der Zweite Detektiv grinste zufrieden. »Also los, Muli, vorwärts!«

Justus trottete los. Peter sah die nächsten Kreuzungen schon zehn Meter im Voraus und konnte abschätzen, welche Wege in die richtige Richtung führten und welche sich als Sackgasse herausstellten. Unter seinem Kommando näherten sie sich erstaunlich schnell dem Zentrum.

»Wir sind gleich da!«, rief er nach fünf Minuten.

»Das wurde auch Zeit!«, knurrte Justus. »Mir tut schon alles weh. Und mir läuft der Schweiß von der Stirn.«

»Das macht nichts«, behauptete Peter. »Vielleicht verlierst du sogar ein paar Gramm. Wenn wir das jeden Tag eine Stunde lang machen, können wir in einem Jahr vielleicht daran denken, den Spieß umzudrehen.«

»Sehr witzig.«

»Da vorne nach links, dann dürften wir es geschafft haben.«

Als die drei Detektive um die Ecke bogen, wichen die Hecken zur Seite und gaben den Blick auf das beleuchtete Haus frei, das mitten auf der grünen Wiese im Zentrum des Irrgartens stand.

»Traraaa!«, rief Peter. »Geschafft!«

»Na prima«, keuchte Justus. »Hättest du nun die Güte, deinen Sitzplatz zu verlassen?«

»Och, mir gefällt es hier oben eigentlich ganz gut.«

Justus ging in die Hocke und ließ Peter absteigen. Mit schmerzverzerrtem Gesicht rieb er sich die Schultern.

»Seht mal, hier ist noch eine Götterfigur«, sagte Bob und wies auf eine nackte Frau aus weißem Stein, die die drei Besucher selig lächelnd anblickte. »Aphrodite«, las er auf dem Sockel. »Die griechische Göttin der Schönheit und der Liebe«, erklärte Justus. »Je nach Sagenkreis entweder die Tochter des Zeus oder aber geboren aus dem Schaum des Meeres.«

»Die Göttin der Liebe!«, säuselte Peter, ergriff die steinerne Hand und küsste sie. »Oh, holde Göttin, aus Meerschaum geboren! Hinabgestiegen aus dem Olymp, um uns arme, unwürdige Menschen mit Eurer unvergleichlichen Schönheit zu verzaubern! Es ist mir eine Ehre, Euch –«

»Es ist mir eine Ehre, euch von meinem Grundstück zu werfen!«, ertönte plötzlich eine tiefe Stimme hinter ihnen.

Die drei Detektive wirbelten herum.

Auf der Wiese vor dem Haus stand ein finster dreinblickender Mann mit tiefschwarzen Haaren. In den Händen hielt er ein Gewehr, das auf die drei ??? gerichtet war.

Der Lauscher an der Heckenwand

Peter ließ eilig die Hand der Statue los. »Ich … äh …«

»Was habt ihr hier zu suchen?«

»Sind Sie Mr Stanley Truman?«, fragte Justus, als er den ersten Schreck überwunden hatte.

»Was geht euch das an? Verschwindet!« Der Mann kam ein paar Schritte auf sie zu. Sein altes, wettergegerbtes Gesicht war halb hinter einem dichten schwarzen Bart verborgen.

»Wenn Sie Mr Truman sind, würden wir gern mit Ihnen sprechen. Mein Name ist Justus Jonas.«

»Dein Name ist mir völlig egal!«, knurrte ihr Gegenüber. »Was fällt euch ein unerlaubt mein Grundstück zu betreten?«

»Tut uns Leid, Sir, wir wussten nicht, dass Sie unangemeldetem Besuch gegenüber so feindselig eingestellt sind.«

»Euer Besuch ist nicht nur unangemeldet, sondern auch unerwünscht!«

»Wir hätten nur ein paar Fragen«, versuchte Bob sein Glück.

»Fragen? Wozu?«

»Zu Edward Truman«, übernahm Justus wieder das Gespräch. »Dem ehemaligen Eigentümer dieses Hauses. Ihrem Vater, nehme ich an.«

»Ich will euch mal was sagen, Jungs: Ich weiß zwar nicht, warum sich jetzt sogar schon ein paar halbwüchsige Schüler um die Sache kümmern, aber es ist mir auch egal. Ich habe die Nase voll von Leuten, die mich wegen meines Vaters und seines verschollenen angeblichen Meisterwerks ausquetschen wollen! Ich werde den Teufel tun und dafür sorgen, dass die Journalisten sich eine goldene Nase an der Geschichte verdienen. Ich weiß nichts über ›Utopia‹! Und jetzt verschwindet endlich!«

»Aber wir schreiben für keine Zeitung«, versuchte Justus es noch einmal. »Wir sind Detektive und ermitteln im Auftrag eines Mitarbeiters der Firma ›Wonderworld‹. Darf ich Ihnen unsere Karte zeigen?« Noch bevor Mr Truman Nein sagen konnte, zog der Erste Detektiv eine ihrer Visitenkarten hervor und reichte sie ihm.

Die drei Detektive

? ? ?

Wir übernehmen jeden Fall

Erster Detektiv	Justus Jonas
Zweiter Detektiv	Peter Shaw
Recherchen und Archiv	Bob Andrews

Mr Truman warf nur einen flüchtigen Blick darauf und ließ die Karte in seiner Hemdtasche verschwinden. »Detektive!«, schnaubte er verächtlich. »So ein Blödsinn!«

Ein Geräusch ließ sie aufhorchen. Etwas raschelte ganz in der Nähe, direkt hinter der ersten Heckenreihe.

»Wer ist da?«, fauchte Truman. Niemand antwortete. Er wandte sich an die drei ??? und verzog grimmig das Gesicht. »Habt ihr etwa noch jemanden mitgebracht?«

»Nein, Sir!«, beteuerte Justus. »Wir –«

Stanley Truman drehte sich um und stapfte mit großen Schritten auf die Hecke zu, hinter der er den Eindringling vermutete. Ohne zu zögern stieß er den Lauf des Gewehrs durch das Gestrüpp. Man hörte ein erschrockenes Keuchen, dann lief jemand davon. Das Klicken von Stöckelschuhen war deutlich zu vernehmen. »Das nächste Mal schieße ich!«, brüllte Truman der Flüchtenden hinterher. »Verschwinden Sie!« Nun kehrte er zu den drei Detektiven zurück. »Und ihr auch. Sofort! Und sagt eurer Begleiterin, dass ich die Hunde loslassen werde, wenn noch mal jemand durch den Irrgarten streift.«

»Aber ... aber wir wissen nicht, wer das war!«, versicherte Bob.

»Das ist mir ganz egal. Los, haut ab! Ich habe die Schnauze endgültig gestrichen voll!« Er fuchtelte unmissverständlich mit der Waffe herum.

»Durch das Labyrinth finden wir nicht zurück«, stammelte Peter.

»Dann nehmt die Straße! Da lang!« Mit einem Kopfnicken wies er Richtung Beverly Hills. »Wird's bald!«

Die drei ??? hatten keine Wahl und traten in gebührendem Abstand an Mr Truman vorbei. Er folgte ihnen, das Gewehr noch immer im Anschlag. Sie umrundeten das weiße Haus und erreichten die lange, von den

Hecken des Gartenlabyrinths gesäumte Auffahrt. Justus versuchte noch einmal mit dem Mann zu reden, doch Truman schwieg. Am Ende des Grundstücks befand sich ein großes schmiedeeisernes Tor. Sie traten hindurch und Truman schloss es von innen. »Lasst euch hier nicht wieder blicken!«, brüllte er ihnen hinterher, während sie sich langsam von dem Haus entfernten.

Erst als sie außer Hörweite waren, sagte Peter: »Das war ja wohl ein gehöriger Schuss in den Ofen.«

»Ein sehr unangenehmer Zeitgenosse«, stimmte Justus zu. »Wir waren offenbar nicht die Ersten, die ihn wegen seines Vaters sprechen wollten. Aber muss man deshalb gleich mit einem Gewehr ankommen?«

»Du hast es ja gesehen«, meinte Bob. »Da war noch jemand im Labyrinth. Mr Truman scheint wegen der Geschichte regelrecht belagert zu werden. Wer hätte gedacht, dass ein einfacher Zeitungsartikel über Josephine Jones so viel Staub aufwirbeln würde.«

»Den Fall können wir jedenfalls vergessen. An diesem Mr Truman beißen wir uns die Zähne aus, das schwöre ich euch. Aber mein Vater wird uns nicht böse sein, wenn wir keine Ergebnisse liefern. Er wollte uns mit diesem Auftrag wahrscheinlich sowieso nur die Langeweile in den Ferien vertreiben.«

»Das hört sich ja so an, als wolltest du schon aufgeben, Peter«, bemerkte Justus.

»Was denn sonst? Es gab nur zwei Spuren: Josephine Jones und Stanley Truman. Die Jones ist senil und Truman begrüßt seine Gäste mit einem Gewehr. Wie sollen wir denn da weiterkommen? Außerdem bin ich der Meinung, dass es Trumans gutes Recht ist, ungebetene Besucher von seinem Grundstück zu verscheuchen. Seine Methode war zwar nicht gerade in Ordnung, aber wir haben uns schließlich auch nicht fair verhalten. Wir hätten anrufen und um einen Termin bitten sollen.«

»Den er uns unter Garantie nicht gegeben hätte.«

»Weil er genervt ist, richtig. Was ist daran nicht okay?«

»Okay ist das schon«, beteuerte Justus. »Aber das bedeutet trotzdem nicht, dass wir aufgeben müssen. Wir suchen einfach eine neue Spur.«

»Und wie soll das gehen?«

»Bei so einer Filmproduktion wirken Dutzende oder sogar Hunderte von Leuten mit. Es gibt bestimmt noch mehr Menschen, die damals dabei waren und uns etwas über ›Utopia‹ erzählen können. Wir müssen sie nur finden.«

»Weißt du, was wir als Allererstes finden müssen?«, unterbrach Bob die Diskussion. »Mein Auto! Es steht auf der anderen Seite des Tals am Waldrand. Das bedeutet, dass wir jetzt einmal quer durch Beverly Hills laufen müssen, um zurückzukommen. Fantastisch.«

»Guten Morgen, Bob! Du schon wieder? Du warst doch erst gestern hier.«

»Guten Morgen, Mrs Grayson.« Bob schloss die Stahltür hinter sich und betrat das Kellerarchiv der ›Los Angeles Post‹. In einer riesigen Halle reihte sich Regal an Regal und alle waren bis unter die Decke voll gestopft mit Ordnern alter Zeitungen. Beaufsichtigt und verwaltet wurde dieses scheinbare Chaos von Mrs Grayson, die die drei Detektive und vor allem Bob schon lange kannte. Da sein Vater bei der Zeitung arbeitete, hatte Bob schon früh die Vorzüge des Archivs für seine Recherchearbeit genutzt. »Gestern habe ich leider nicht genug herausgefunden.«

»Geht es wieder um diesen Regisseur und seinen Film?«

»Edward Truman, genau.«

»Gestern Abend war noch jemand deswegen hier.«

Bob stutzte. »Wie bitte?«

»Ja, etwa eine Stunde nachdem du gegangen warst, kam eine junge, dunkelhaarige Frau mit einem Besucherausweis und fragte nach Informationen über diesen Truman.«

»Mit einem Besucherausweis? Was heißt das?«

»Na ja, wir sind hier keine öffentliche Bibliothek«, erklärte Mrs Grayson. »Man braucht einen Besucherausweis, um sich im Archiv umsehen zu dürfen. Den kann man in der Geschäftsstelle beantragen. Dass ich dich und deine Freunde einfach so reinlasse, verdankt ihr ausschließlich meinem herzensguten Wesen.« Sie zwinkerte ihm zu.

»Steht der Name auf diesem Ausweis?«, fragte Bob.

»Ja.«

»Können Sie sich vielleicht an den Namen der Frau erinnern?«

Mrs Grayson hob eine Augenbraue. »Das sind aber sehr vertrauliche Informationen, die du von mir erwartest.«

»Nun ja, wir ermitteln gerade in einem Fall und wurden gestern von jemandem belauscht, der offensichtlich hinter der gleichen Geschichte her ist. Möglicherweise handelt es sich um die Person, die hier im Archiv war.«

»Na schön, ich will mal nicht so sein. Ich kenne die Dame. Sie kommt öfter her. Groß, schlank, lange dunkle Haare. Sie behauptet, sie sei Studentin. Aber ich glaube ihr nicht. Ich habe mal läuten hören, sie arbeitet beim ›Ghost‹, diesem Schundblatt. Die haben ein miserables Archiv, daher versuchen die Mitarbeiter oft sich bei anderen Zeitungen einzuschleichen, um an Informationen zu kommen. Leider gelingt ihnen das meistens auch. Diese Dunkelhaarige ist so jung, dass sie problemlos als Studentin durchgeht.«

»Kennen Sie ihren Namen?«, drängte Bob. Wenn seine Vermutung stimmte und die angebliche Studentin mit der Unbekannten hinter der Hecke identisch war, dann konnten sie Mr Truman vielleicht ihren Namen preisgeben und damit sein Vertrauen gewinnen.

»Warte, ich sehe mal nach. Ich schreibe mir die Besucher immer auf.« Mrs Grayson ging zu ihrem großen Schreibtisch in der Nähe der Tür. Sie schlug ein kleines Notizbuch auf. »Da haben wir es schon: Michelle Shoemaker. Aber ich glaube ehrlich gesagt nicht, dass das ihr richtiger Name ist.«

»Wieso nicht?«

»Weil man ihr sonst auf die Schliche kommen könnte. Außerdem – wer heißt schon Michelle Shoemaker?«

Bob notierte sich den Namen. »Na schön. Ich werde mich mal wieder auf die Suche machen.«

»Tu das. Du kennst dich ja aus.«

Der Dritte Detektiv machte sich auf den Weg zu den Regalen. Eine neue Spur, hatte Justus gesagt. Der machte es sich einfach. Der Fall ›Utopia‹ lag Jahrzehnte zurück, wie sollte er da noch jemanden ausfindig machen, der damals beteiligt war? Bob beschloss sich noch einmal die Artikel vorzunehmen, die er bereits am Tag zuvor gefunden hatte. Vielleicht hatte er etwas übersehen.

Es wurde ein langer Vormittag für ihn. Doch gegen Mittag hatte er eine kleine Liste mit Namen der Leute zusammen, die bei der Produktion von ›Utopia‹ mitgewirkt hatten. Erschöpft schlug er den letzten Riesenordner mit alten Zeitungen zu und stellte ihn zurück in das Regal. »Jetzt muss ich diese Leute nur noch ausfindig machen«, murmelte er. Die Tür zum Archiv wurde geöffnet. Eine junge Frau mit gewellten schwarzen Haaren kam herein und ging auf Mrs Graysons Schreibtisch zu. Die Archivarin sah auf und rief lauter, als nötig gewesen wäre: »Guten Morgen, Miss Shoemaker! Haben Sie gestern was vergessen?«

Bob zuckte zusammen und versteckte sich instinktiv hinter einem Regal. Mrs Grayson und die Fremde sprachen miteinander, doch er war zu weit weg, um sie zu verstehen. Lediglich Mrs Graysons Begrüßung war so laut gewesen, um Bob zu warnen. Einige Augenblicke später wandte sich Michelle Shoemaker um, ging in laut klappernden Schuhen den Hauptgang des Kellers hinunter – und steuerte dabei direkt auf Bob zu! Der Dritte Detektiv wich zurück und schob sich zwischen den Regalen hindurch, um nicht gesehen zu werden. Schließlich blieb sie genau dort stehen, wo Bob gerade den letzten Sammelband einsortiert hatte. Sie zog ihn heraus und setzte sich damit an einen der kleinen Tische, die überall herumstanden. Zum Glück mit dem Rücken zu ihm, so dass Bob ungesehen verschwinden konnte.

»Danke für die Warnung!«, raunte er, als er vor Mrs Graysons Schreibtisch stand. »Das ist also die geheimnisvolle Miss Shoemaker.«

Sie nickte.

»Ich werde am besten draußen auf sie warten und dann versuchen herauszufinden, woher sie kommt und für wen sie arbeitet. Haben Sie vielen Dank!«

»Gern geschehen«, flüsterte Mrs Grayson. »Aber vergiss nicht mir zu berichten, wie die Geschichte ausgegangen ist!« Bob hob die Hand zum Abschied und verließ das Archiv der ›Los Angeles Post‹. Vor dem Zeitungsgebäude sah er sich unsicher um. Er musste in der Nähe bleiben, um Miss Shoemaker nicht zu verpassen. Wenn sie allerdings die gleichen Informationen suchte wie er, konnte es Stunden dauern, bis sie wieder auftauchte. Und schließlich hatte Bob noch einige Anrufe zu erledigen.

In der Nähe des Parkplatzes stand eine Telefonzelle. Bob ging auf sie zu. Von hier aus konnte er den Eingang der ›Los Angeles Post‹ gut überblicken. »Perfekt«, sagte er zu sich selbst, zückte seinen Notizblock und seine Telefonkarte, betrat die Zelle und tätigte den ersten Anruf.

»Wo Bob nur bleibt?«

»Vielleicht hätten wir ihm wirklich helfen sollen. Er ist zwar für Recherchen und Archiv verantwortlich, aber das heißt ja nicht automatisch, dass er die ganze Arbeit alleine machen muss.«

»Der kommt schon zurecht.« Justus war zuversichtlich. Zwar waren sie bereits vor einer halben Stunde in der Zentrale verabredet gewesen, doch wenn Bob sich verspätete, hatte er dafür bestimmt einen guten Grund.

Zum wiederholten Male spähte Peter durch das Periskop – ein umgebautes Ofenrohr, das aus dem Dach des Campinganhängers ragte – nach draußen. »Wenn man vom Teufel spricht! Da kommt er schon!« Peter beobachtete, wie Bobs Käfer auf das Gelände des Trödelmarktes rollte. Wenig später wurde die Tür geöffnet.

»Meine Güte, seid ihr wahnsinnig?«, stöhnte Bob.

»Was ist denn?«

»Hier drinnen ist es brütend heiß! Die Tür bleibt erst mal auf. Hey, Peter, du bekommst langsam Farbe.«

Der Zweite Detektiv runzelte die Stirn. »Farbe?«

»Dein Gesicht. Die roten Stellen werden jetzt blau und hier und da schimmert schon etwas Grün und Gelb durch.«

»Könnt ihr mich damit mal in Ruhe lassen?«, bat er genervt. »Erzähl lieber, was du herausgefunden hast.«

Bob ließ sich erschöpft in einen Sessel fallen. »Eine Menge. Und gar nichts. Ich fang mal mit der Menge an: Ich hatte heute eine Begegnung mit unserer Gegenspielerin.«

»Gegenspielerin? Ich wusste nicht einmal, dass wir eine haben.«

»Das wusste ich auch nicht – bis Mrs Grayson mir von einer Frau erzählte, die im Archiv genau die gleichen Informationen gesucht hat wie ich.« Bob berichtete von seiner Begegnung mit Miss Shoemaker.

»Und wie kommst du darauf, dass sie es war, die gestern Abend hinter der Hecke gelauscht hat?«

»Die Schuhe. Die Frau von gestern trug irgendwas mit lauten Absätzen. Und Miss Shoemaker auch.«

»Das ist noch lange kein Beweis«, warf Justus ein.

»Sage ich ja auch nicht. Aber es ist auffällig.«

»Na schön. Hast du sie verfolgen können?«

Bob senkte den Kopf. »Leider nicht. Ich habe gerade telefoniert und für einen Moment den Eingang aus den Augen gelassen. Als ich wieder hinsah, stieg sie schon in ihren Wagen. Ich bin sofort rausgestürzt, doch als ich im Käfer saß, war sie längst weg.«

»Das hätte nicht passieren dürfen«, sagte der Erste Detektiv anklagend.

»Es wäre bestimmt nicht passiert, wenn ihr mir geholfen hättet!«, verteidigte sich Bob. »Das nächste Mal redet ihr euch nicht mit Schrottplatzarbeiten und Rasenmähen heraus.«

Nun blickten Justus und Peter betreten zu Boden. »Das nächste Mal teilen wir uns den Job«, lenkte Justus ein. »Was haben denn deine Telefonate für Ergebnisse gebracht?«

»Leider genau die, die ich befürchtet hatte. Ich habe etwa ein Dutzend Personen herausfinden können, die damals an ›Utopia‹ mitgearbeitet haben – Kameraleute, Schauspieler und so weiter. Aber abgesehen von Josephine Jones sind alle tot. Sie war damals eine der Jüngsten.«

»Alle?«, echote Peter. »Bist du sicher, dass niemand mehr irgendwo im Altersheim lebt?«

Bob schüttelte den Kopf. »Von den meisten habe ich die Kinder erreichen können und die sind inzwischen auch schon über sechzig.«

»Dann ist Josephine Jones tatsächlich die Einzige, die übrig geblieben ist«, stellte Justus fest.

»Aber die ist so verwirrt, dass man genauso gut eine

Wahrsagerin befragen könnte, um etwas über den Film zu erfahren«, warf Peter ein. »War es das?«

»Noch nicht ganz. Bei all dem Frust war nämlich auch ein sehr aufschlussreiches Gespräch dabei. Ich habe mit der Tochter von Ken Stark gesprochen.«

»Wer ist das denn nun wieder?«

»Ken Stark war einer der Schauspieler von ›Utopia‹. Und jetzt wird es interessant: Er ist während der Arbeit an dem Film gestorben. Und seine Tochter behauptet, das sei der wahre Grund für den Abbruch der Dreharbeiten gewesen.«

»Aha, das ist ja spannend.«

»Nicht wahr? Stark war damals gerade erst vierzig und ist bei einem Autounfall ums Leben gekommen, als er vom Set nach Hause fuhr. Der Film war fast fertig, aber es fehlten noch die wichtigsten Schlüsselszenen, in denen er mitspielen sollte. Für die Crew gab es also nur zwei Möglichkeiten: Entweder sie drehten alle Szenen, in denen Stark vorkam, mit einem anderen Schauspieler nach oder sie brachen den Dreh ab.«

»Offensichtlich haben sie sich für Letzteres entschieden.«

»Richtig. ›Utopia‹ war ein aufwändiger Sciencefictionfilm mit jeder Menge riesiger Studiokulissen. Als Stark starb, war der größte Teil davon jedoch schon wieder abgerissen worden, um in den Filmstudios Platz zu schaffen. Man hätte also alles noch einmal neu bauen müssen und das wäre wohl zu teuer geworden.«

»Klingt logisch«, fand Peter. »Aber es widerspricht

den anderen Geschichten, die wir gehört haben. Hieß es nicht, Truman hätte seinen Film zu schlecht gefunden?«

»Oder es sei nie eine einzige Sekunde gedreht worden?«, fügte Justus hinzu und knetete nachdenklich seine Unterlippe. »Sehr seltsam.«

»Es kommt noch seltsamer«, versprach Bob. »Starks Tochter hat nämlich gelogen.«

»Wie bitte?«

»In einem alten Artikel habe ich eine Besetzungsliste gefunden. Ken Stark war zwar bei ›Utopia‹ dabei, aber er hatte nur eine winzige Rolle.«

»Das heißt nichts. Die Rolle mag ja winzig, aber trotzdem sehr wichtig gewesen sein.«

»Möglich. Aber er spielte einen Außerirdischen vom zehnten Planeten.«

»Na und?«

»Es war eine Kostümrolle. Stark trug die ganze Zeit eine Alienmaske. Und Text hatte er auch nicht, die Außerirdischen verständigten sich nämlich durch merkwürdige Zischlaute, die später untertitelt werden sollten. Es wäre also kein Problem gewesen, die bereits gedrehten Szenen zu übernehmen und für den Rest des Films einen anderen Schauspieler in das Kostüm zu stecken.«

»Tja«, seufzte Peter. »Da hat Starks Tochter die Rolle ihres Vaters wohl ein bisschen überschätzt.«

Doch Justus schüttelte den Kopf. »So einfach sehe ich die Sache nicht. Fällt euch nichts auf? Wir hören aus den verschiedenen Quellen die unterschiedlichsten

Gründe dafür, warum ›Utopia‹ nie in die Kinos gekommen ist. Fast so, als hätte es damals jemand absichtlich darauf angelegt, Verwirrung zu stiften. Eines steht fest: ›Utopia‹ ist von einem Geheimnis umgeben, genau wie Mrs Jones gesagt hat. Und ich möchte zu gerne wissen, was das für ein Geheimnis ist.«

»Vielleicht sollten wir Mrs Jones noch einmal besuchen«, überlegte Bob. »Möglicherweise erzählt sie etwas mehr, wenn uns die Zeit nicht im Nacken sitzt und wir uns nicht vor den Pflegern verstecken müssen.«

»Muss das sein?«, fragte Peter. »Bei dem, was sie sagt, weiß man doch sowieso nicht, ob es stimmt.«

»Hast du eine bessere Idee?«

»Nein«, gab er zu. »Stanley Truman können wir jedenfalls vergessen. Da gehe ich nicht wieder hin, das schwöre ich euch!«

»Zu schade«, murmelte Justus. »Er ist der Einzige, der uns weiterhelfen kann.«

Das Telefon klingelte.

»Hoffentlich ist es nicht mein Vater, der die ersten Ergebnisse hören will. Ich fürchte, viel können wir ihm nicht bieten.«

Justus schaltete den Lautsprecher ein und nahm ab. »Justus Jonas von den drei Detektiven?«

Jemand räusperte sich. »Justus? Hier spricht Stanley Truman.« Der Erste Detektiv begann zu husten. »Mr Truman?«

»Du wunderst dich bestimmt, dass ich mich bei euch melde, nicht wahr?«

»Das ... könnte man so sagen.« Justus warf seinen Freunden fragende Blicke zu, doch auch Bob und Peter konnten nur ratlos mit den Schultern zucken.

»Ich habe mir gestern Abend eure Visitenkarte genauer angesehen und mich an das erinnert, was du gesagt hast: dass ihr im Auftrag von ›Wonderworld‹ arbeitet.«

»Nicht im Auftrag der Firma«, korrigierte Justus, »sondern –«

»Im Auftrag eines Mitarbeiters, genau. Mr Shaw, Peters Vater.«

Justus' Augen wurden immer größer.

»Ich habe mich nach euch erkundigt. Tatsache ist nämlich, dass ich ein paar Detektive im Moment sehr gut gebrauchen kann. Ich musste vorher nur sichergehen, dass ihr wirklich nicht für eine Zeitung oder einen Radio- oder Fernsehsender arbeitet. Mr Shaw hat mir erklärt, dass ihr ernst zu nehmend ermittelt. Obwohl ich mir das angesichts eures Alters kaum vorstellen kann. Aber er hat mir wärmstens empfohlen es mal mit euch zu versuchen – bedankt euch also beim ihm!«

»Noch bin ich nicht davon überzeugt, dass es einen Grund gibt, sich zu bedanken«, antwortete Justus kühl. Ihm missfiel die unfreundliche Art von Mr Truman. Wenn er etwas von ihnen wollte, sollte er sie gefälligst nett darum bitten.

»Was soll das heißen? Wollt ihr meinen Auftrag etwa nicht annehmen?«

»Bis jetzt haben Sie uns noch nicht einmal gesagt, worum es überhaupt geht«, bemerkte Justus.

»Ich dachte, das sei klar! Um den Film natürlich! Ihr sollt ihn finden. Wenn euch das gelingt, zahle ich euch tausend Dollar.«

»Tausend –«, keuchte Peter, doch Justus brachte ihn verärgert mit einer Geste zum Schweigen.

»Es geht uns nicht um Geld«, antwortete Justus. »Normalerweise nehmen wir kein Honorar.«

»Normalerweise«, wiederholte Peter leise.

»Na schön, wie ihr wollt. Nehmt ihr den Auftrag an?«

»Nun ja, genau genommen arbeiten wir bereits für Mr Shaw.«

»Wenn ihr den Film im Auftrag von Mr Shaw sucht, führt sowieso kein Weg an mir vorbei. Edward Truman war mein Vater, sein gesamter Nachlass gehört daher mir. Und wenn ihr ›Utopia‹ finden solltet, könnt ihr ihn nicht einfach irgendwem übergeben.«

»Na schön. Dann sehe ich keinen Unterschied.«

»Der Unterschied ist, dass ich euch erlauben werde auf meinem Grundstück zu suchen. Der Film ist nämlich hier.«

»Er ist dort? Woher wissen Sie das?«

»Von meinem Vater.«

Justus holte einmal tief Luft und versuchte seine Gedanken zu ordnen. »Mr Truman, was halten Sie davon, wenn wir gleich zu Ihnen fahren und den Fall im Detail besprechen? Das erscheint mir angebrachter als ein Telefonat. Danach werden wir entscheiden, ob wir für Sie ermitteln.«

»Danach? Ihr meint, ich gebe euch alle Informationen, die ich habe, und ihr entscheidet euch am Ende doch für Mr Shaw? Nein, nein, Jungs, so haben wir nicht gewettet!«, sagte er wütend. »Entweder ihr sagt jetzt zu oder ihr könnt die ganze Geschichte vergessen – und die tausend Dollar gleich dazu.«

»Wir sind nicht käuflich, Mr Truman«, erwiderte Justus gereizt. Es wurde Zeit, dass er in diesem Gespräch die Oberhand gewann. Es passte ihm gar nicht, wie Truman mit ihm redete. Justus entschloss sich für die Überrumpelungstaktik: »Wir werden heute Nachmittag zu Ihnen kommen, dann können wir über alles Weitere sprechen. Auf Wiederhören!« Noch bevor ihr Klient antworten konnte, legte Justus auf.

»Der wird gleich wieder anrufen, wetten?« Bob fixierte das Telefon. Doch es klingelte nicht noch einmal.

»Der spinnt ja wohl!«, regte Peter sich auf. »Was glaubt der, wer er ist? Erst bedroht er uns mit seinem blöden Gewehr und nun glaubt er uns herumkommandieren zu können. Na, dem werd ich was erzählen.«

»Das wirst du schön bleiben lassen, Zweiter!«, warnte Justus. »Wenn wir ihn nachher besuchen, überlässt du das Reden besser mir. Sonst werden wir uns wahrscheinlich innerhalb von fünf Minuten gegenseitig anschreien. Hier ist Diplomatie gefragt.«

»Sag das doch Mr Truman!«

»Er wird sehr schnell merken, dass wir die Bedingungen stellen, wenn wir für ihn arbeiten«, versprach Justus.

»Da wäre ich nicht so sicher«, zweifelte Bob. »Vielleicht sollten wir besser gar nicht erst hinfahren. Ich kann mir Spaßigeres vorstellen, als für so einen Idioten zu ermitteln.«

»Ich mir auch.« Justus lächelte verschwörerisch. »Aber das ist der einzige Weg, an ihn heranzukommen.«

Sinneswandel

Von der Straße aus war das Labyrinth gar nicht zu sehen. Ein hohes Gitter schirmte das Grundstück ab, dahinter lag ein Stück Rasen, bevor eine hohe Hecke jeden weiteren Blick versperrte. Dass hinter dieser ersten Hecke tausend weitere folgten, konnte niemand ahnen, der das Tal nicht schon von der anderen Seite aus gesehen hatte. Das Tor, durch das sie am Abend zuvor hinausgeworfen worden waren, war geschlossen. Bob lenkte seinen Wagen darauf zu und Justus stieg aus und ging zur Gegensprechanlage. »Jetzt bin ich mal gespannt«, murmelte er und drückte auf die Klingel.

»Ja?«, knurrte eine unfreundliche Stimme.

»Hier ist Justus Jonas. Wir –« Ein Knacken in der Leitung unterbrach ihn. Truman hatte eingehängt. »Eine herzliche Begrüßung.«

»Er hat es sich wohl anders überlegt«, sagte Peter schnell.

»Wundert mich nicht. Los, wir verschwinden wieder. Ich wäre sowieso viel lieber schwimmen gegangen als ausgerechnet hierher –« Die Torflügel schwangen nahezu lautlos auf und gaben den Weg auf das Grundstück frei. »– zurückzukehren.« Der Zweite Detektiv verzog das Gesicht. »So ein Mist. Er hat es sich doch nicht anders überlegt.«

Justus stieg wieder ein und Bob fuhr langsam durch den Heckengang auf das weiße Haus zu. Es gab keinen Parkplatz, nur eine grüne Wiese in der Mitte des Heckenrondells. Bob hielt an und sie stiegen aus. Die Haustür lag unter einem von Säulen getragenen steinernen Dach. Neben einer der Säulen stand eine weitere Statue: ein Mann, der einen mit Flügeln versehenen Helm und ebensolche Schuhe trug und einen Stab in der Hand hielt.

»Dieses Gelände ist ja von Göttern bevölkert«, bemerkte Peter.

Justus setzte zu einer Antwort an, doch der Zweite Detektiv hob abwehrend die Hand. »Bitte, Just, erspar uns deine Erläuterungen. Es interessiert mich kein Stück, wie dieser Typ heißt und wessen Sohn er ist.«

Jemand kam um die Ecke des Hauses. »Das ist Hermes, der griechische Götterbote, Sohn des Zeus und der Göttin Maia.«

»Guten Tag, Mr Truman«, begrüßte Justus den Hausherrn. »Ich muss Sie korrigieren: In der griechischen Mythologie ist Maia keine Göttin, sondern eine Nymphe. Sie gehörte zu den Bergnymphen, auch Oreaden genannt.«

Stanley Truman blieb überrascht stehen. Für einen Moment blieb sein halb unter dem dichten schwarzen Bart verborgenes Gesicht unbewegt, doch dann spielte ein Lächeln um seine Lippen. »Alle Achtung. Mr Shaw hat nicht zu viel versprochen.«

»Was hat er denn versprochen?«

»Dass die drei Detektive so gut wie jeden Fall lösen, was nicht zuletzt auf den klugen Kopf des Ersten Detektivs Justus Jonas zurückzuführen ist. Das mit dem klugen Kopf scheint nicht übertrieben gewesen zu sein. Mal sehen, ob er auch mit dem Rest Recht behält.« Er trat auf sie zu und reichte ihnen die Hand. »Unter normalen Umständen würde ich euch nun den Irrgarten zeigen, aber den kennt ihr ja schon.«

Justus merkte sofort, dass das Lächeln ihres Gegenübers nicht nur freundlich gemeint war.

»Daher können wir gleich ins Haus gehen und die Angelegenheit besprechen.« Er öffnete die Tür und trat hinein. Die drei ??? folgten ihm. Dem Eingang schloss sich ein langer, breiter Flur an, von dem mehrere Türen abzweigten.

»Was ist denn bloß in den gefahren?«, flüsterte Peter dem Dritten Detektiv zu.

Bob zuckte die Schultern. »Justs Bildungsgrad hat ihn wohl beeindruckt. Vielleicht ist er jetzt milder gestimmt.«

Peter verzog das Gesicht. »Ich traue ihm trotzdem nicht.«

Am Ende des Ganges führte eine Wendeltreppe ins obere Stockwerk, doch Mr Truman ging daran vorbei in den letzten Raum. Es war ein Arbeitszimmer, bis unter die Decke mit Aktenordnern voll gestopft. Ein dunkler Schreibtisch beherrschte die eine Seite, auf der anderen stand eine wuchtige braune Ledergarnitur. Über dem Kamin hingen gerahmte Fotos, die jedoch im Schatten lagen. Die Vorhänge an den Fenstern ließen nur einen schmalen Streifen Sonnenlicht herein, doch Mr Truman machte keine Anstalten, sie zu öffnen. Er schaltete auch keine Lampe ein. Die schwache Beleuchtung schien ihm zu genügen. Er bat die drei ??? Platz zu nehmen. Peter versank fast in dem schweren kalten Sofa. Am liebsten hätte er das Fenster aufgerissen und sich auf die Fensterbank gesetzt. Selten hatte er sich in einem Raum so unwohl gefühlt. Es roch nach altem Rauch, muffig, irgendwie nach Langeweile. Trotz der Wärme draußen war es kalt. Kalt und bedrückend.

»Ich lasse das Fenster absichtlich geschlossen«, sagte Truman, als hätte er Peters Gedanken erraten. »Sonst kommt die Hitze rein.« Er griff nach einer kleinen Holzkiste, die neben einem Marmoraschenbecher auf dem Tisch stand, und holte eine dicke Zigarre heraus. Dann knipste er die Spitze ab, nahm ein Feuerzeug zur Hand und steckte die Zigarre paffend an. Der Qualm malte bizarre Muster in die Luft.

»Hier sind wir also«, versuchte Justus das Gespräch in Gang zu bringen.

»Ihr erwartet vielleicht, dass ich mich bei euch für mein Verhalten entschuldige«, vermutete Mr Truman.

»Es war Ihr gutes Recht, uns von Ihrem Grundstück zu verjagen«, lenkte Justus ein. »Immerhin sind wir ohne Erlaubnis durch den Irrgarten gelaufen.«

»Das sowieso. Aber ich sprach von meinem Verhalten am Telefon. Nun, ich werde mich nicht entschuldigen. Es war nötig, so mit dir zu sprechen, Justus.«

Der Erste Detektiv sah ihn irritiert an. »Ich verstehe nicht ganz.«

»Das enttäuscht mich. Ich hatte gehofft, du wüsstest, worauf ich hinauswill.«

»Nein. Momentan sprechen Sie in Rätseln. Und das ist unserer Zusammenarbeit nicht gerade förderlich.«

Truman blies eine Rauchwolke in die Luft und lächelte. »Siehst du, das gefällt mir. Du sagst geradeheraus, was dir missfällt. Du hast eine Meinung. Du lässt dich nicht unterkriegen. Ich hasse Duckmäuser! Mit solchen Leuten kann ich nicht arbeiten.«

»Sie meinen, Sie wollten uns heute Mittag am Telefon testen?«

»Ganz genau. Wenn du nicht so selbstbewusst reagiert hättest, hätte ich mir andere Detektive gesucht.«

»Selbstbewusstsein hat Justus mehr als genug«, bestätigte Peter. »Das reicht für uns drei.«

»Ich bin froh, dass Sie sich für uns entschieden haben«, sagte Justus abschließend und erwiderte zum ersten Mal Mr Trumans Lächeln. »Sie werden es nicht bereuen. Vielleicht erläutern Sie uns noch einmal den ganzen Fall, damit wir uns ein Bild davon machen können, worum es eigentlich genau geht. Bisher sind wir bei unseren Ermittlungen nämlich auf mehr Fragen als Antworten gestoßen.«

»In Ordnung. Obwohl es nicht viel zu erläutern gibt. Die Sache begann mit dem Artikel über Josephine Jones, wie ihr wahrscheinlich wisst.«

Justus nickte.

»Seitdem werde ich von Journalisten belagert. Alle wollen den verschollenen Film finden, ›Utopia‹, das angebliche Meisterwerk meines angeblich so genialen Vaters.« Verbitterung schwang in seiner Stimme mit.

»Obwohl niemand genau zu wissen scheint, ob dieser Film tatsächlich existiert«, fügte Bob hinzu.

»Er existiert. Wenigstens Teile davon. Ich war noch ganz klein, als mein Vater an diesem Film arbeitete, ich kann mich also nicht mehr daran erinnern, aber später erzählte er mir manchmal davon. Es war ein groß angelegtes Projekt, in das viel Geld investiert wurde. Ein Film, der an Aufwand und Tricktechnik alles bisher Dagewesene in den Schatten stellen sollte.«

»Was ging schief?«

»Alles. Es gab Verträge, die meinen Vater dazu verpflichteten, sich an ein bestimmtes Drehbuch zu halten. Dieses Drehbuch war jedoch eine Katastrophe, voller Logikfehler und miserabler Dialoge, also änderte mein Vater während der Dreharbeiten sehr viel, damit der Film der Vision entsprach, die er von Anfang an gehabt hatte. Schließlich kam der Drehbuchautor dahinter und protestierte. Hinter den Kulissen der Filmgesellschaft kam es zu einem Riesenkrach, es bildeten sich zwei Lager und jeder kämpfte gegen jeden. Mein Vater wurde dazu gezwungen, sich an das Drehbuch zu halten. Nur äußerst widerwillig machte er mit der Arbeit weiter, bis er schließlich damit drohte, alles hinzuschmeißen, wenn er den Film nicht so machen durfte, wie er ihn von Anfang an geplant hatte. Das alles führte dazu, dass das Studio sich letztlich dazu entschloss, die Produktion auf Eis zu legen, bis die rechtlichen Fragen geklärt wären.«

»Aber sie wurden nie geklärt«, vermutete Justus.

»Richtig. Die verschiedenen Parteien kamen zu keiner Einigung, die Gerichtsprozesse verschlangen ungeheure Summen und am Ende wurde der Film ganz gekippt, um nicht noch mehr Schaden anzurichten.«

Justus zupfte an seiner Unterlippe. »Warum haben wir über diese Geschichte nichts herausgefunden? In den Zeitungen war von tausend anderen Dingen die Rede, nicht aber von einem Rechtsstreit.«

»Der Ruf des Studios war damals nicht gerade der beste. Alle Beteiligten haben sich davor gehütet, die Sache an die Öffentlichkeit zu tragen. Wäre der Skandal bekannt geworden, hätte es das endgültige Aus des Studios bedeutet.«

Bob seufzte. »Das ist zwar nicht das Geheimnis, das wir dahinter vermutet hatten, aber es klingt logisch. Was wollen Sie nun genau von uns?«

»Dass ihr den Film findet, bevor es jemand anderes tut. Wenn er in die falschen Hände gerät, wird er womöglich veröffentlicht. Mein Vater würde sich im Grab umdrehen, wenn das geschieht. Er hat ›Utopia‹ am Ende gehasst und mir immer wieder gesagt, dass er niemals gezeigt werden darf. Ich möchte ihm diesen Wunsch erfüllen.«

»Ich verstehe es immer noch nicht ganz. Der Film existiert noch?«

»Ja. Das Material, das fertig war, hat mein Vater eigenhändig zu einer Rohfassung zusammengeschnitten und dann versteckt.«

»Aber warum hat er es nicht einfach vernichtet, wenn er doch so unzufrieden war?«

Wieder stieß Mr Truman eine Qualmwolke aus. Inzwischen war das Arbeitszimmer ziemlich verraucht. »Er war ein Visionär. Auch wenn ihm die Geschichte des Films nicht passte – die Grundidee, die Kostümentwürfe, die Gestaltung der Kulissen, das alles stammte von ihm. Er hat so viel Zeit und Energie in dieses Projekt investiert, da wollte er es selbstverständlich nicht einfach zerstören.«

Peter nickte. »Er hat die Rohfassung also versteckt, aber Sie wissen nicht, wo. Und daher benötigen Sie unsere Hilfe.«

»Richtig, Peter. Dein Vater hat mir versichert, ihr seid wahre Meister, wenn es darum geht, verlorene Dinge wiederzufinden.«

»Wenn es sich nicht gerade um eine entlaufene Katze oder ein verlegtes Medaillon handelt, stimmt das wohl«, gab er unumwunden zu.

»Am Telefon sagten Sie, der Film sei hier versteckt«, erinnerte Bob. »Wie kommt es, dass Sie ihn noch nicht selbst gefunden haben? So groß ist das Haus doch nicht.«

Mr Truman fuhr sich mit der Hand durch den dichten Bart. »Ich weiß nicht, ob er wirklich im Haus ist. Er könnte auch im Garten versteckt sein.«

»Im Garten?«, rief Peter erschrocken. »Sie meinen,

im Irrgarten? Sollen wir den etwa umgraben? Dafür brauchen wir ja Monate!«

Ein hämisches Lächeln legte sich auf Trumans Gesicht. »Das ist euer Problem. Schließlich seid ihr die Meister des Wiederfindens.«

»Es hat sicherlich wenig Sinn, im Labyrinth wahllos Löcher in die Erde zu buddeln«, sagte Justus sachlich. »Hat Ihr Vater Ihnen nicht einen Hinweis gegeben, wo er den Film versteckt hat? Er wird doch mit Ihnen darüber geredet haben.«

»Er hat mit mir hin und wieder über ›Utopia‹ gesprochen und mir erzählt, dass er den Film an einem geheimen Ort versteckt hat. Mein Vater hatte eine Schwäche für Rätsel und Geheimnisse. Wo genau dieses Versteck sein sollte, hat er jedoch nicht verraten. Erst als er im Sterben lag, rückte er damit heraus. Er wollte, dass ich weiß, wo der Film ist. Aber er war damals sehr krank und bereits geistig verwirrt. Er sagte mir nichts Konkretes. Es klang eher wie ein weiteres Rätsel.«

»Was hat er denn genau gesagt?«

Truman lachte auf. »Mein Vater ist seit fast vierzig Jahren tot. Damals war ich knapp dreißig. Das ist eine Ewigkeit her. Ich kann mich nicht mehr genau daran erinnern, was er gesagt hat. Aber er redete immer wieder von dem Irrgarten. Den hat er nämlich selbst entworfen und anlegen lassen. Und dann sprach er noch von … Nein, das zeige ich euch besser gleich.« Er legte die Zigarre in den Aschenbecher und erhob sich aus dem Ledersessel. »Kommt mit!«

Justus warf einen Blick auf die noch glühende Zigarre.

»Keine Angst, die geht von selbst aus«, erriet Truman seine Gedanken.

»Wie Sie meinen.«

Sie folgten Mr Truman in den Flur bis zur Wendeltreppe. Der Hausherr stieg die knarrenden Stufen hoch. Sobald die Treppe in der Decke verschwand, wurde es dunkel. »Tut mir Leid, der Lichtschalter ist ganz oben.« Nach zwei weiteren Windungen endete die Treppe. Die drei ??? tasteten sich vorsichtig voran. »Wo sind wir?«, fragte Peter und zuckte überrascht zusammen, als er das Echo seiner Stimme vernahm. »Wow, klingt nach einem großen Raum.«

»Ist es auch«, erklang Trumans Stimme. Etwas klickte und plötzlich schoss ein Lichtstrahl von oben herab. Die Sonne schien durch ein Dachfenster, das sich automatisch öffnete. Für einen Moment waren sie geblendet, doch als sich ihre Augen an das helle Licht gewöhnten, sahen sie einen riesigen Saal vor sich.

Den drei ??? stockte der Atem. So etwas hatten sie noch nie gesehen.

Das Planetarium

»Mein Gott!«, flüsterte Peter. »Das ... das ist gewaltig!«

»In der Tat«, sagte Justus tonlos. »Das ist es.«

Der Saal war in der großen, kreisrunden Kuppel, die den drei ??? bereits von außen aufgefallen war. Den Boden zierten in bizarrem Muster gelegte Fliesen, die Wände waren kahl. Abgesehen von der Dachluke, die inzwischen ganz geöffnet war, gab es keine Fenster.

In der Mitte des Saales stand ein gigantisches mechanisches Planetarium. Ein breiter Pfahl aus rotbraunem Metall erhob sich fast vier Meter hoch aus dem Boden. Daran waren verschieden dicke und lange Stäbe befestigt, die in alle Richtungen waagerecht in den Saal hineinragten. Das Gestänge sah aus wie ein seltsam geformter Baum. Am Ende der Stangen befanden sich kleine und große detailgetreu bemalte Kugeln, die Planeten, eingehängt wie bei einem Globus. Einige der Modellgestirne hatten weitere Stangenverzweigungen, an denen die Monde befestigt waren. Das Planetarium maß gut fünfzehn Meter im Durchmesser und füllte damit fast den gesamten Saal aus. In einer Nische führte eine kleine Metalltreppe zu einer Plattform unter dem Dachfenster. Darauf stand ein großes Teleskop, mit dem man durch das Oberlicht in den Himmel sehen konnte.

»Beeindruckend, nicht wahr?«, fragte Mr Truman

lächelnd und trat langsam zwischen den Planeten, die sich etwa in Kopfhöhe befanden, hindurch in die Mitte des Saales. »Ein Modell unseres Sonnensystems mit allen Planeten und Monden. Mein Vater führte zwei Leben. Das eine war die Filmemacherei. Das andere dies hier. Astronomie war seine Leidenschaft. Schon als ich ganz klein war, ist er ständig mit mir ins Planetarium und zur Sternwarte gegangen. Sein großer Traum war ein eigenes Planetarium, und zwar keines, wie man sie heutzutage kennt – mit an die Decke projizierten Lichtpunkten –, sondern ein altes, mechanisches. Also hat er eines entworfen und bauen lassen.«

»Funktioniert es?«, fragte Justus fasziniert.

»Aber sicher.«

»Funktionieren?«, fragte Peter. »Was meinst du mit funktionieren, Just? Das Ding ist doch bloß ein Modell. Kann es denn noch irgendwas?«

»Ich werde es euch zeigen«, antwortete Mr Truman an Justus' Stelle. »Aber passt auf eure Köpfe auf!« Er duckte sich und betätigte einen Schalter an der Mittelachse des Gestells. Etwas surrte. Und plötzlich setzten sich die Planeten ruckend in Bewegung. Nach ein paar Sekunden hatten sie ihr normales Tempo erreicht und kreisten um die imaginäre Sonne, die inneren Planeten ziemlich schnell, die äußeren sehr viel langsamer. Auch die Monde standen nicht mehr still, sondern wirbelten sirrend um ihre Planeten herum.

»Vorsicht!«, rief Bob und stieß Justus zur Seite. Einer der äußeren Himmelskörper hatte sich zielsicher seinem Kopf genähert, ohne dass der Erste Detektiv es bemerkt hatte. Nun raste er haarscharf an ihm vorbei.

»Danke!«, keuchte Justus. »Das ist ja lebensgefährlich!«

»Ich hatte doch gesagt, passt auf eure Köpfe auf!«

Die drei ??? traten ein paar Schritte zurück, so dass sie vor den Planeten in Sicherheit waren, und betrachteten fasziniert das Schauspiel.

»Wie funktioniert es?«, fragte Justus interessiert.

»In der Mittelachse ist ein Motor eingebaut. Der Rest läuft über eine ausgeklügelte Mechanik, die in den Stangen versteckt ist. Wie bei den Zeigern einer Uhr.«

»Es muss ewig gedauert haben, das genau auszutüfteln.«

»Hat es auch. Zumal die Dauer der einzelnen Umläufe im Verhältnis zueinander exakt der Realität entspricht. Würde ich das Planetarium so langsam einstellen, dass das Modell der Erde genau ein Jahr für eine Umrundung braucht, dann wäre das Saturn-Modell erst nach neunundzwanzig Jahren mit einem Zyklus fertig – genau wie in der Wirklichkeit. Auch die Geschwindigkeit der einzelnen Monde stimmt. Nur die Größenverhältnisse und die Entfernungen der Planeten zueinander sind an den Haaren herbeigezogen. Hätte man das naturgetreu nachgestellt, dann wäre das Modell der Erde beispielsweise im Vergleich zum Jupiter nicht einmal so groß wie ein Tischtennisball. Und würde der Abstand zwischen Erde und Mars stimmen, müsste der Neptun bereits irgendwo draußen im Garten sein.«

»Die Bahn des Pluto stimmt auch nicht«, stellte Justus

fest. »Die ist nämlich nicht rund, sondern elliptisch. Aber das war wohl technisch nicht machbar. Trotzdem ist es ein sehr beeindruckendes Stück Mechanik.«

»Es ist der pure Wahnsinn, wenn du mich fragst«, sagte Peter, der Justus' Mangel an Begeisterung nicht nachvollziehen konnte. »Sieh dir allein den Planeten dort an! Um den kreisen mindestens zwanzig Mini-Kugeln! Alles kleine Monde!« Das Modell, das Peter meinte, surrte gerade langsam an ihnen vorbei und wurde umschwirrt wie von einem Fliegenschwarm.

»Dreiundzwanzig«, korrigierte Justus. »Das ist der Saturn. Ich sage ja: sehr beeindruckend.«

»Astronomie stand damals in den dreißiger Jahren hoch im Kurs. Gerade erst war der neunte Planet unseres Sonnensystems entdeckt worden, der Pluto, eine sehr spannende Zeit.«

»Das hat Ihren Vater wohl auch dazu verleitet, ›Utopia‹ in Angriff zu nehmen«, vermutete Bob. »In dem Film geht es doch um eine außerirdische Rasse, die auf dem zehnten Planeten lebt.«

»Richtig. Als Pluto entdeckt wurde, ging man davon aus, dass sich dahinter noch ein weiterer Planet befindet. Diese Idee hat meinen Vater zu der Geschichte von ›Utopia‹ inspiriert.«

»Der Planet X«, sagte Justus. »Bis heute ist man nicht sicher, ob es ihn nicht tatsächlich gibt. So klein und so weit draußen im All, dass kein Teleskop ihn bisher aufspüren konnte.«

Mr Truman schaltete das Planetarium aus. Das Summen verklang und die kreisenden Kugeln wurden langsamer, bis sie schließlich stillstanden. Dann ging er zwischen Merkur und Mars hindurch auf sie zu.

»Das war also die andere Sache, von der Ihr Vater vor seinem Tod sprach?«, vermutete Justus. »Das Planetarium?«

Truman nickte. »Ich wusste immer, dass es ihm sehr wichtig war. Aber ich wunderte mich damals, dass er in Zusammenhang mit dem Film davon redete.«

»Und Sie können sich wirklich nicht mehr erinnern, was genau er gesagt hat?«, hakte Justus nach.

»Nein. Es ist zu lange her.«

»Ich nehme an, Sie haben das Planetarium untersucht?«

»Nun, ich habe es nicht auseinander gebaut, wenn du das meinst.« Er senkte warnend die Stimme: »Und ich rate euch das ebenfalls nicht zu tun. Es ist ein Meisterwerk. Wenn ihr es kaputtmacht, reichen auch die tausend Dollar, die ich bei eurer kostenlosen Hilfe spare, nicht aus, um es zu reparieren.«

Justus wollte etwas erwidern, doch in diesem Moment klingelte es unten an der Haustür. »Bin gleich wieder da«, sagte Mr Truman knapp und kletterte die Wendeltreppe hinunter.

»Als ob wir so blöd wären und das Ding auseinander nehmen würden«, raunte Peter, als er außer Hörweite war. »Obwohl das natürlich ein gutes Versteck ist: Der Film könnte in einer der Planetenkugeln versteckt sein.«

»Meinst du, es ist so einfach?«, zweifelte Bob, ging

auf einen der Planeten zu und klopfte leicht dagegen. »Hohl«, stellte er fest. »Aber auch genauso leer.«

Innerhalb weniger Augenblicke hatten sie alle Modelle untersucht, doch in keinem schien sich etwas zu befinden.

»Das wäre wirklich zu einfach gewesen«, stimmte Justus zu. »Aber wir werden den Film schon finden.«

»Wie denn?«, fragte Peter. »Mir ist das alles ein Rätsel. Labyrinth, Planetarium, ›Utopia‹ – wie soll das zusammenpassen?«

Justus war optimistisch. »Das werden wir schon noch herausfinden. Was haltet ihr denn von Mr Truman?«

Peter verzog das Gesicht und sagte leise: »Ich blicke bei ihm nicht ganz durch. Sympathisch ist er mir jedenfalls nicht unbedingt.«

»Solange er uns unsere Arbeit machen lässt, kann uns der Rest egal sein«, fand Bob.

Justus nickte. »Also nehmen wir den Auftrag an.« Es war keine Frage, sondern eine Feststellung. »Ich schlage vor, wir verabschieden uns gleich von Truman und beratschlagen in der Zentrale, wie wir vorgehen.«

Schritte auf der Wendeltreppe kündigten Mr Trumans Rückkehr an. »Verdammte Journalisten!«, fluchte er, noch bevor er ganz oben war. »Schon wieder diese Frau! Sie will einfach nicht lockerlassen! Ich habe einen weiteren Auftrag für euch: Haltet mir diese Bluthunde vom Hals!«

»Ich fürchte, dafür sind wir nicht qualifiziert«, antwortete Justus. »Was war denn das für eine Frau?«

»Sie hat mich schon ein paar Mal belästigt. So eine junge, dunkelhaarige.«

Justus wurde hellhörig. »Und was wollte sie?«

»Ich habe sie gar nicht erst zu Wort kommen lassen. Eine dreiste Person! Sie ist doch tatsächlich über das Tor geklettert und stand schon vor meiner Tür! Fummelte gerade an Hermes herum, als gehöre die Statue ihr. Ich habe sie verjagt, aber sie wird nicht die Letzte gewesen sein. Bis Gras über die Sache gewachsen ist, werden noch einige Wochen vergehen. Es wird Zeit, dass ihr den Film findet, bevor es jemand anderes tut.« Stanley Truman schnaufte wütend, dann fuhr er etwas ruhiger fort: »Bei Hermes fällt mir noch etwas ein: Mein Vater hat damals nicht nur das Planetarium und das Labyrinth erwähnt, sondern auch die Götterstatuen. Fragt mich nicht, in welchem Zusammenhang, aber die Standbilder waren ihm ebenso wichtig wie das Planetarium.«

»Wie viele sind es denn insgesamt?«, wollte Justus wissen.

»Acht Stück. Zwei auf der Wiese, der Rest steht irgendwo im Irrgarten.«

»Hat das eigentlich einen besonderen Grund? Dass die anderen im Irrgarten stehen, meine ich?«, fragte Bob. »So bekommt man sie ja höchst selten zu Gesicht.«

Mr Truman zuckte die Achseln. »Mein Vater hat sie damals aufgestellt. Ich weiß nicht, was er sich dabei gedacht hat. Ich hatte mal vor sie aus dem Labyrinth herauszuholen, aber sie sind fest im Boden verankert. Dann habe ich es gelassen. Acht Götter vor dem Haus hätten auch etwas albern gewirkt. Jetzt freue ich mich, wenn ich bei einem Spaziergang durch den Irrgarten an einer der Statuen vorbeikomme.«

Justus zupfte an seiner Unterlippe. »Wir müssen jetzt gehen.« Mr Truman runzelte die Stirn. »Ihr müsst gehen? Was soll das heißen? Ihr habt doch noch nichts gemacht! Ist das etwa eure hoch geschätzte Detektivarbeit – den Klienten ausfragen und dann nach Hause fahren?«

»Das lassen Sie mal unsere Sorge sein«, erwiderte Justus gereizt. »Wir wissen, wie wir unsere Arbeit zu machen haben.«

»Was wollt ihr schon groß machen? Der Film ist hier versteckt, nicht bei euch in Rocky Beach!«

»Es gibt noch andere Mittel und Wege, nach versteckten Dingen zu suchen«, erwiderte der Erste Detektiv selbstsicher. »Ich verspreche Ihnen, dass wir schon morgen neue Ergebnisse haben.«

Es war Stanley Truman anzusehen, dass er ihm das nicht abnahm. »Glaubt nicht, dass ihr schlampig arbeiten könnt, nur weil ihr mein Geld nicht nehmen wollt. Dann suche ich mir nämlich richtige Detektive.«

»Auf Wiedersehen, Mr Truman!«

Justus trat an ihm vorbei und kletterte die Treppe hinunter, gefolgt von Bob und Peter. Mürrisch kam Truman hinterher, öffnete ihnen die Haustür und sagte zum Abschied: »Ich hoffe wirklich, du hast den Mund nicht zu voll genommen, Junge!«

»Wir melden uns morgen bei Ihnen«, überging Justus die Bemerkung sachlich.

Als Bob langsam die Auffahrt hinunterfuhr, sagte Peter: »Ich glaube, wenn wir ihm morgen nichts bieten können, schmeißt er uns raus. Na ja, so schlimm wäre das auch nicht.«

»Ich glaube, da unterschätzt du Justus Jonas«, meinte Bob, während er in die Straße bog. »Nicht wahr, Just? Du hättest bestimmt nicht so einen Spruch vom Stapel gelassen, wenn du nicht einen Plan hättest. Spuck's aus, was für Ergebnisse willst du Truman morgen präsentieren?«

»Das wird sich noch zeigen. Hängt ganz davon ab, was Josephine Jones uns erzählen wird.«

»Josephine Jones? Wieso das denn?«

»Weil wir ihr jetzt einen Besuch abstatten werden.«

»Wozu soll das gut sein? Sie hat uns doch schon alles gesagt. Und das war nicht besonders ergiebig. Genau genommen war es eine Menge absurdes Zeug.«

»Möglich. Aber als Truman von den Götterstatuen sprach, fiel mir etwas ein, das sie gesagt hat. Erinnert ihr euch? Sie sagte: Fragen Sie die Götter!«

Plan B

»Was haltet ihr eigentlich von dem Auftauchen der Reporterin?«, fragte Peter, als sie auf dem Weg ins Pflegeheim waren. »Denkt ihr das Gleiche wie ich?«

»Dass es Michelle Shoemaker war? Keine Ahnung.«

»Es war Michelle Shoemaker«, war Bob überzeugt. »Hundertprozentig.«

»Warum bist du so sicher?«

»Weil sie gerade hinter uns ist.«

»Was?«

»Nicht umdrehen! Sonst merkt sie, dass wir sie gesehen haben. Ein roter Chrysler. Er verfolgt uns schon eine ganze Weile. Genau genommen seit wir bei Mr Truman losgefahren sind.«

»Und warum hast du nichts gesagt?«, fragte Justus.

»Ich war nicht ganz sicher. Aber vorhin an der Ampel habe ich die Fahrerin im Rückspiegel gesehen: Es ist die Frau, der ich im Archivkeller begegnet bin. Michelle Shoemaker. Sie ist auf Stanley Trumans Grundstück geklettert, wurde rausgeschmissen und hat vor der Einfahrt gewartet, weil sie wissen wollte, wer da einen gelben Käfer fährt und Mr Truman besucht«, bastelte sich Bob eine Theorie zusammen.

Peter, der auf dem Beifahrersitz saß, beugte sich vor

und warf einen Blick in den rechten Außenspiegel. »Und was nun? Kannst du sie abhängen?«

»Du beliebst zu scherzen. Mit dem Käfer? Glaub mir, damit kann ich nicht mal eine Schnecke abhängen.«

»Wenn diese Michelle Shoemaker so hartnäckig ist, nehme ich an, dass sie es war, die Mrs Jones im Heim besucht und so verstört hat«, vermutete Justus. »Das heißt, dass sie das Pflegeheim ohnehin schon kennt. Wir können also nichts preisgeben, was sie noch nicht weiß. Ich schlage vor, wir verhalten uns, als hätten wir sie nicht bemerkt, und fahren wie geplant zu Mrs Jones.«

»Und dann?«

»Wenn sie uns danach immer noch folgt, tritt Plan B in Kraft«, deutete der Erste Detektiv geheimnisvoll an. Bob und Peter wussten, dass sie nun keine Chance mehr hatten, Näheres über Justus' Pläne zu erfahren. Wenn er nicht sofort erzählte, was er vorhatte, dann war es auch nicht aus ihm herauszukriegen. Zehn Minuten später erreichten sie den hässlichen Betonklotz. Bob fuhr sofort auf den Hinterhof. Im Rückspiegel sah er, dass Miss Shoemaker ihnen nicht folgte. Sie parkte den Wagen an der Straße, stieg jedoch nicht aus.

Diesmal lud kein Lkw Lebensmittel ab, doch die Stahltür an der Laderampe war unverschlossen und so befanden sich die drei ??? innerhalb weniger Minuten im richtigen Stockwerk. Justus klopfte an die Tür.

»Herein«, drang Mrs Jones' Stimme aus dem Zimmer.

Die drei ??? betraten den Raum. Mrs Jones saß in

ihrem Sessel und hatte auf dem Schoß ein Kreuzworträtsel liegen. In einer Hand hielt sie einen Stift, mit der anderen hatte sie gerade ihre Lesebrille abgenommen. »Ist schon wieder Abendessen?«, fragte sie verwirrt, als sie die drei Jungen erblickte. »Aber ich habe noch gar keinen Hunger, Mister!«

»Nein, Mrs Jones, kein Abendessen«, sagte Justus beruhigend. »Erinnern Sie sich an uns? Wir waren gestern schon einmal hier.«

Sie lächelte. »Aber sicher! Sie kommen doch jeden Tag, um mich zum Essen zu bringen, nicht wahr? Aber warum sind Sie denn heute zu dritt? Ach, ich verstehe, die Jungs sind in der Ausbildung, richtig?« Sie wandte sich an Bob und Peter. »Keine Sorge, eine alte Dame zum Essen zu bringen ist nicht besonders schwierig. Schließlich bin ich noch längst nicht so klapprig wie die anderen hier.« Wie zum Beweis legte sie die Zeitschrift weg, nahm ihren Stock zur Hand und stemmte sich in die Höhe. »Dann gehen wir mal, ich nehme aber nur einen Nachtisch.«

»Bleiben Sie sitzen«, bat Bob. »Wir sind nicht hier, um Sie zum Essen abzuholen. Wir gehören nicht zum Pflegepersonal.«

Sie runzelte die Stirn, wodurch ihr Gesicht noch faltiger wurde. »Nicht? Dann haben Sie hier nichts zu suchen!«

»Aber wir waren schon einmal hier und haben mit Ihnen geredet«, versuchte es Peter. »Gestern! Erinnern Sie sich denn nicht?«

»Mit mir geredet? Worüber?«

»Über Ihre Filme. Über Edward Truman. Über ›Utopia‹.«

Unsicherheit flackerte in ihren Augen, doch dann sagte sie trotzig: »›Utopia‹? Kenne ich nicht.«

»Sie haben uns gestern davon erzählt«, erinnerte Justus. »Es war der letzte Film, den Sie zusammen mit Edward Truman gemacht haben. Sie sprachen von einem Geheimnis.«

»Sie wissen davon?«, fragte sie erstaunt.

»Ja«, log Justus. »Aber wir würden gern noch mehr erfahren. Was hat es beispielsweise mit den Göttern auf sich?«

»Habe ich etwas über die Götter erzählt?«, fragte sie überrascht.

Justus nickte.

»Dann wissen Sie ja schon alles.«

»Nicht direkt. Sie sagten, die Götter wüssten das Geheimnis und wir sollten sie fragen. Was meinten Sie damit? Wie sollen wir das machen?«

»Sie sollen gar nichts!«, keifte sie plötzlich wütend. »Lassen Sie mich in Ruhe! Ich werde Ihnen nichts erzählen! Es ist ein Geheimnis! Ich habe es Edward versprochen.«

»Was haben Sie Edward versprochen?«, hakte Bob nach.

»Dass ich nie jemandem etwas sagen werde. Die Einzigen, die Bescheid wissen, sind die Götter und so soll es auch bleiben.«

»Meinen Sie damit die Statuen in Edward Trumans Irrgarten?«, fragte Peter.

»Die Götter im Garten, die Götter am Himmel, sie alle kennen das Geheimnis.« Sie runzelte erneut die Stirn. »Woher wissen Sie das denn alles?«

Peter zuckte die Achsel. »Wir wissen es eben. Was hat es mit den Statuen auf sich? Ist in ihnen etwas versteckt?«

Mrs Jones verzog das Gesicht. »Lassen Sie mich endlich in Ruhe! Ich habe schon viel zu viel erzählt! Wenn Edward das wüsste, er würde sich im Grabe umdrehen! Ich will jetzt endlich meinen Nachtisch!«

»Besonders viel war aus ihr ja nicht herauszukriegen«, meinte Peter enttäuscht, als sie durch das Treppenhaus gingen. »Ich hatte mehr erwartet.«

»Immerhin wissen wir jetzt, dass wir mit den Statuen auf dem richtigen Weg sind. Die werden wir gleich morgen genau unter die Lupe nehmen«, beschloss Justus. »Truman sagte, sein Vater habe die Figuren aufstellen und fest verankern lassen. Ich glaube nicht, dass das ein Zufall ist. Er wollte verhindern, dass sein Sohn sie vielleicht eines Tages verkauft ohne zu wissen, was es mit ihnen auf sich hat.«

Sie traten aus der Stahltür und gingen über den Hof zu Bobs Wagen. »Jetzt bin ich mal gespannt, ob Miss Shoemaker noch auf uns wartet. Wie sieht denn Plan B aus, Just?«

»Wart's ab!«

Sie stiegen ein und fuhren über den Hinterhof zurück zur Straße. Bob war noch nicht weit gekommen, da war auch schon der rote Chrysler der Journalistin hinter ihnen. »Da ist sie wieder! Besonders geschickt ist sie nicht im Verfolgen, das muss man schon sagen. Das merkt sogar ein Blinder!«

»Umso besser«, behauptete Justus. »Denn dann bemerkt sie möglicherweise auch nicht, wenn sie selbst verfolgt wird. Das ist mein Plan: Wir fahren jetzt zu Peter und setzen ihn zu Hause ab, danach geht es weiter zur Zentrale.«

»Und dann?«

»Miss Shoemaker scheint ein großes Interesse daran zu haben, wer wir sind und wo wir wohnen. Aber sie wird uns vermutlich nicht den ganzen Tag hinterherlaufen. Irgendwann fährt sie nach Hause und dann bist du am Zug, Peter! Wenn wir dich abgesetzt haben, wirst du dich nämlich in deinen MG setzen und selbst die Verfolgung aufnehmen. Dann wissen wir schon mal, wer diese mysteriöse Person ist und wo sie wohnt.«

»Gute Idee«, fand der Zweite Detektiv. »Vertraut mir: Sie wird nicht merken, dass ich ihr auf den Fersen bin.«

Fünf Minuten später hatten sie das Haus von Peters Eltern erreicht. Er stieg aus, verabschiedete sich lautstark und mit großen Gesten von seinen Freunden und ging ins Haus. Doch er schloss die Tür nicht ganz, sondern spähte durch einen Spalt auf die Straße.

»Was machst du denn da, Peter?«

Der Zweite Detektiv zuckte zusammen. »Ach, du

bist es, Mama. Ich ... äh ... muss jemanden beschatten.«

»Beschatten? Wenn ich das vom Fenster aus richtig gesehen habe, waren das Bob und Justus, die dich nach Hause gebracht haben, oder? Beschattet ihr euch jetzt schon gegenseitig, um in Übung zu bleiben?« Sie lächelte amüsiert.

»Nein, wir –« Peter stockte. Der rote Chrysler fuhr gerade am Haus vorbei. »Wir stecken in Ermittlungen. Ich muss gleich wieder weg!« Er riss die Tür auf und stürmte hinaus.

»Aber was ist mit dem Abendessen?«, rief ihm Mrs Shaw hinterher.

»Ich esse bei Justus! Kann später werden!« Bevor seine Mutter Einspruch erheben konnte, flitzte Peter zu seinem Wagen, sprang hinein und startete. An der nächsten Kreuzung kam Bobs Käfer in Sicht, gefolgt von dem roten Chrysler. Sie fuhren Richtung Zentrale, wie abgesprochen. Mit dem Auto waren es nur ein paar Minuten. Dort angekommen rollte der Käfer auf den Schrottplatz, die Verfolgerin fuhr ein Stück weiter und parkte an der Straße. Peter, der großzügig Abstand gehalten hatte, hielt ebenfalls an und wartete. Michelle Shoemaker stieg aus und ging langsam auf das große Einfahrtstor zum Gelände des Gebrauchtwarencenters zu. Ihre hohen Absätze klapperten dabei so laut, dass Peter sie noch hundert Meter entfernt hören konnte. Die junge Frau warf einen Blick auf den Schrottplatz, blieb einen Moment unschlüssig stehen, dann drehte sie sich um und ging zurück zu ihrem Wagen. Peter nahm die Verfolgung wieder auf.

Es ging einmal quer durch Rocky Beach Richtung Westen. Sie fuhren aus dem Ort hinaus auf die Küstenstraße. Der Verkehr war gerade dicht genug, um unauffällig hinter dem Wagen zu bleiben, ohne dass Miss Shoemaker Peter bemerkte. Der Zweite Detektiv warf einen unsicheren Blick auf die Tankanzeige. Für zwanzig Meilen würde der Sprit noch reichen, doch er hatte keine Ahnung, wie lange die Fahrt dauern würde. Wenn er unterwegs tanken musste, würde er die Journalistin verlieren. Peter hatte Glück: Nach etwa fünf Meilen erreichten sie den kleinen Küstenort Las Flores. Hier bog sie ab, fuhr ein Stück weiter durch das Städtchen und hielt schließlich vor einem kleinen Bungalow in einem ruhigen Wohnviertel. Peter fuhr weiter und suchte sich einen Parkplatz hinter einem Lkw, damit er nicht gesehen wurde. Er stieg aus und warf einen Blick um den Wagen herum. Michelle Shoemaker schloss gerade die Tür auf und verschwand im Haus. Abgesehen von ein paar in der Ferne spielenden Kindern war die Straße verlassen. Irgendwo brummte ein Rasenmäher. Peter steuerte auf den Bungalow zu und warf im Vorbeigehen einen Blick auf das Namensschild am Straßenbriefkasten: Shoemaker.

»Das ist wirklich ihr Name«, murmelte Peter. Er sah sich einmal sichernd um, dann sprang er über die niedrige Hecke, die den kleinen Vorgarten säumte, und drückte sich an der Hauswand entlang zur Rückseite des Gebäudes, um von der Straße aus nicht mehr gesehen zu werden. Nun stand er in einem kleinen, von Unkraut überwucherten Garten, auf den eine Terrasse führte. Peter hielt Ausschau nach offenen Fenstern, doch Michelle Shoemaker war offenbar so schlau gewesen, sie wegen der Hitze alle zu schließen und die brennende Sonne durch Rollos auszusperren. Er konnte keinen Blick ins Innere des Hauses werfen.

Unschlüssig blieb er hinter einem Busch stehen. Was sollte er jetzt tun? Justus wäre garantiert etwas Schlaues eingefallen. Ihm fiel immer etwas ein. Peters einziger Gedanke war hingegen, zurück nach Rocky Beach zu fahren.

Plötzlich wurde die Tür zur Terrasse geöffnet. Blitzschnell duckte er sich und spähte durch das Blätterwerk. Michelle Shoemaker kam heraus, in der einen Hand hielt sie ein Glas Wasser, in der anderen ein schnurloses Telefon. Sie setzte sich in einen Gartenstuhl, nahm einen Schluck und wählte eine Nummer.

»Michelle hier. Ich weiß, Jack, du wartest auf den Artikel, aber ich bin noch nicht so weit. Dieser Truman lässt einfach nicht mit sich reden, ich bekomme nichts aus ihm heraus. – Nein, ich schaffe das schon, ich brauche einfach mehr Zeit! – Natürlich bringt das was, ich habe nämlich eine neue Spur: drei Jungs aus Rocky Beach, die schon zweimal bei Truman aufgetaucht sind. Sie haben irgendwas mit der Sache zu tun, ich muss nur noch herausfinden, was. – Bitte, Jack, nur noch zwei Tage, dann bin ich so weit! Es gibt eine weitere Spur, über die ich etwas über den Fall in Erfahrung bringen könnte, aber ich muss bis morgen warten. – Das wird keine Randnotiz auf der Lokalseite, das wird die ganz große Story! Landesweit! Das garantiere ich dir! – Na, hör mal, wir reden hier nicht über die Leidensgeschichte von Josephine Jones, die unser lieber Kollege verbrochen hat und die niemanden interessiert. Auch nicht über einen längst vergessenen Film. Da steckt was viel Größeres drin, immerhin geht es um einen handfesten Mord!«

Beschattung

»Mord?«

»Ja, das hat sie gesagt! Ich wäre vor Schreck fast in das Gebüsch gefallen!«

»Wieso Mord? Was hat das alles mit einem Mord zu tun?«

»Keine Ahnung. Ich weiß so wenig wie ihr. Genau in dem Moment begann der Wasserkessel im Haus zu pfeifen und sie ist reingegangen. Leider kam sie nicht wieder raus.«

»So ein Mist«, brummte Justus. Er und Bob hatten in der Zentrale auf Peter gewartet, der erstaunlich schnell zurückgekehrt war und ihnen von seinen Beobachtungen erzählt hatte. »Aber ich wusste es! Ich wusste, dass es ein großes Geheimnis um ›Utopia‹ gibt! Mit Mord habe ich zwar nicht gerechnet, aber mir kam Mrs Jones' Verhalten schon sehr merkwürdig vor.«

»Jetzt ist nur die Frage, wie wir das Geheimnis lösen wollen«, stellte Bob fest. »Ist es nicht absurd, dass Miss Shoemaker glaubt, wir hätten etwas mit der Sache zu tun und wüssten mehr als sie? Das Gegenteil ist der Fall! Wir tappen noch völlig im Dunkeln. Wahrscheinlich wird sie versuchen uns zu beschatten. Andersrum würde es mehr bringen.«

»Das ist gar keine schlechte Idee«, fand Justus. »Vielleicht sollten wir uns morgen aufteilen: Einer bleibt Mrs Shoemaker auf der Spur, die anderen fahren zu Mr Truman. Ich bin übrigens dafür, dass wir ihm vorerst nichts von dem erzählen, was Peter heute in Erfahrung gebracht hat. Er ist mir nicht ganz geheuer. Es reicht, wenn wir ihn einweihen, sobald das Rätsel gelöst ist. Und zu diesem Zweck müssen wir diesen verdammten Film finden. Alle Spuren laufen dort zusammen.«

Peter nickte. »Aber wie sollen wir das anstellen? Mrs Jones hat wieder mal bloß über Götter geredet. Das bringt uns nicht weiter, außer dass wir morgen durch den Irrgarten latschen und jede der acht Statuen untersuchen können.«

»Ich habe noch einmal darüber nachgedacht, was Josephine Jones gesagt hat. Ist es euch aufgefallen? Sie sprach von Göttern im Garten und Göttern am Himmel.«

»Na und?«

»Sie sagte am Himmel, nicht im Himmel. Findet ihr das nicht merkwürdig?«

»Die ganze Frau ist merkwürdig, wenn du mich fragst«, antwortete Peter. »Ich weiß gar nicht, warum du geglaubt hast, sie könnte uns irgendwas Wichtiges –«

»Planeten!«, rief Bob unvermittelt.

»Wie bitte?«

»Die Planeten unseres Sonnensystems. Sie sind nach Göttern benannt. Vielleicht meinte sie das. Wenn sie die Planeten als Götter sieht, dann sind sie nicht im, sondern am Himmel zu finden.«

»Daran habe ich auch gedacht«, stimmte der Erste Detektiv zu und begann seine Unterlippe zu bearbeiten. »Das passt wunderbar zu dem, was Edward Truman vor seinem Tod gesagt hat: Das Planetarium und die Götterstatuen dürfen nicht zerstört werden. Götter am Himmel, Götter im Garten. Aber wo ist die Verbindung? Wie gehört das alles zusammen?«

»Wir werden morgen das Planetarium genauestens untersuchen«, sagte Bob. »Und jeden einzelnen verflixten Gott unter die Lupe nehmen. Wir werden schon was finden.«

»Eine Karte?« Stanley Truman schüttelte den Kopf. »Es gibt keine Karte vom Irrgarten.«

»Es gibt keine?«, wiederholte Bob. »Aber wie soll man sich denn sonst darin zurechtfinden?«

Truman grinste. »Gar nicht. Das ist der Witz an einem Irrgarten.«

»Und Sie? Verlaufen Sie sich nicht, wenn Sie darin spazieren gehen?«, fragte Justus.

»Nicht mehr. Ich bin mit dem Labyrinth groß geworden und kenne mich inzwischen aus. Aber die Studenten, die ich alle paar Monate engagiere, um die Hecken nachzuschneiden, verzweifeln regelmäßig daran. Doch bisher ist noch jeder wieder herausgekommen.« Seine Augen blitzten boshaft. »Auch wenn es manchmal etwas länger gedauert hat.«

»Können Sie uns dann wenigstens sagen, wo wir die Götterstatuen finden?«, bat der Erste Detektiv. »Wir müssen sie untersuchen.«

»Sind das die großartigen Ergebnisse, von denen du gestern sprachst, Junge?«, fragte Truman lauernd.

»Sie hängen damit zusammen, ja«, antwortete Justus selbstsicher. Er hatte nicht vor sich von Mr Truman einschüchtern zu lassen.

»Ich kann es euch nicht sagen. Ich weiß zwar, wo sie sind, aber ich könnte euch den Weg nicht beschreiben. Ich muss dort sein, um mich zurechtzufinden.«

»Wären Sie so nett, uns den Weg zu zeigen?«, fragte Bob etwas ungehalten.

»Nein. Ich habe nämlich keine Zeit mehr. In fünf Minuten muss ich los. Ihr müsst euch den Weg durch den Irrgarten wohl selbst suchen.« Damit wandte er sich um und verließ das Arbeitszimmer.

»Wir sollten die tausend Dollar doch nehmen«, brummte Bob. »Gut, dass Peter nicht hier ist. Der wäre schon längst ausgerastet.«

Die drei ??? hatten ausgemacht, dass Peter Miss Shoemaker beschattete. Justus hatte kein Auto und Bobs gelben Käfer kannte sie bereits. Die beiden waren dafür gleich nach dem Frühstück nach Beverly Hills gefahren, um das Planetarium und die Statuen einer genauen Untersuchung zu unterziehen. Mr Truman hatte sie, wie erwartet, brummig empfangen und war bisher nicht sehr kooperativ gewesen.

Unschlüssig standen sie im Arbeitszimmer herum,

doch schon einen Augenblick später kam der Hausherr zurück. »Was ist? Wollt ihr hier Wurzeln schlagen? Raus mit euch in den Garten!«

»Wir würden uns gern noch einmal das Planetarium ansehen, bevor wir uns durch das Labyrinth schlagen«, sagte Justus.

»Habt ihr nicht gehört? Ich muss gleich weg! Oder glaubt ihr etwa, ich lasse euch allein durch mein Haus spazieren?«

»Ja«, antwortete Justus trocken. »Denn wenn Sie Ergebnisse wollen, müssen Sie uns unsere Arbeit machen lassen. Und die erfordert unter anderem, dass wir uns das Planetarium ansehen können, wann immer es nötig ist.«

Truman starrte ihn ein paar Herzschläge lang finster an. Dann ging er schnaubend auf den Schreibtisch zu, öffnete eine Schublade und holte einen Schlüssel heraus. Er warf ihn dem Ersten Detektiv zu. »Schließt ab, wenn ihr das Haus verlasst! Lasst niemanden rein! Geht nicht ans Telefon! Und wagt es nicht, hier herumzuschnüffeln, verstanden! Wenn ihr das Planetarium beschädigt, bekommt ihr den größten Ärger eures Lebens, das verspreche ich euch!«

»Aye, Sir«, brummte Bob.

Ohne ein weiteres Wort verließ Mr Truman den Raum. Wenige Augenblicke später hörten sie die Haustür, dann einen Wagen, der sich entfernte.

»Was für ein reizender Zeitgenosse er doch ist. Und was jetzt, Just? Sollen wir wirklich noch mal wie die

Irren durch das Labyrinth wandern? Das führt doch zu nichts! Wir werden zigmal im Kreis laufen und wahrscheinlich Stunden brauchen, bis wir alle Statuen gefunden haben!«

»Ich habe eine bessere Idee.« Der Erste Detektiv ging zu den Fotografien, die an der Wand hingen, und nahm einen Rahmen herunter.

»Lass das bloß Truman nicht wissen!«, warnte Bob. »Wenn der mitbekommt, dass du in seinem Arbeitszimmer herumschnüffelst, ist der Teufel los. Was ist denn das für ein Bild? Und was willst du damit?«

»Das«, antwortete Justus und hielt das Foto lächelnd hoch, »ist unsere Karte.« Es war eine alte Luftaufnahme von Trumans Haus und Grundstück. Die Farben waren im Laufe der Zeit ausgeblichen, doch das Gebäude und den Irrgarten konnte man noch deutlich erkennen.

»Die Statuen kann man aber nicht sehen, dazu ist das Foto zu klein«, stellte Bob fest.

»Das stimmt, aber dafür die Gänge. Damit verlaufen wir uns wenigstens nicht. Besser als gar nichts. Los, gehen wir nach draußen und machen uns an die Arbeit.«

»Ich dachte, du wolltest dir erst das Planetarium ansehen?«

»Das machen wir besser später. Jetzt ist es draußen noch nicht so heiß. Heute Mittag hält man es im Irrgarten vor Hitze bestimmt nicht aus.«

Sie verließen das Haus und gingen über die Wiese bis zum Eingang des Labyrinths. Venus lächelte sie an.

Angesichts der Arbeit, die vor ihnen lag, erschien den Jungen das Lächeln fast bösartig.

Justus seufzte tief. »Dann mal los!«

Peter wartete bereits seit fast zwei Stunden vor Michelle Shoemakers Haus. Er war um halb sieben aufgestanden – und das in den Ferien. Doch schließlich wusste er nicht, wann sie das Haus verließ, also wollte er lieber zu früh als zu spät dort sein. Aber inzwischen war es nach neun und sie hatte sich noch immer nicht blicken lassen. Peter musste aufpassen, dass er nicht einnickte. Gelangweilt spielte er am Autoradio herum in der Hoffnung, dass auf irgendeinem Sender sein Lieblingslied gespielt wurde, als sich endlich die Haustür öffnete und Michelle Shoemaker herauskam. Sie ging schnurstracks auf ihren Wagen zu, stieg ein und fuhr los. Peter nahm die Verfolgung auf.

Diesmal führte ihn der Weg nach Santa Monica. Die kleine, aber reiche Stadt lag kurz vor Los Angeles. Peter befürchtete, dass Michelle Shoemaker zu ihrer Zeitung fahren und er ihre Spur dort verlieren würde, doch in Santa Monica bog sie von der Hauptstraße ab und fuhr in eine kleine Wohnsiedlung. An der Hillside Road hielt sie an, ging auf ein Haus zu und klingelte. Einen Augenblick später öffnete ihr eine ältere Dame die Tür, begrüßte sie mit Handschlag und die beiden verschwanden im Haus.

»Das gleiche Spiel von vorn«, murmelte Peter, stieg aus und schlenderte an dem Haus vorbei, um einen Blick auf den Namen am Briefkasten zu werfen: Stark.

Das war doch der Name des Mannes mit der Maske! Hier musste seine Tochter wohnen, mit der Bob gestern telefoniert hatte! Peter sah sich um und suchte nach einer Möglichkeit, ungesehen um das Haus herumzuschleichen, als ein kleiner Junge aus dem Nachbarhaus trat, ihn bemerkte und neugierig ansah. Peter versuchte ihn zu ignorieren, doch solange der Junge rüberstarrte, konnte er das Grundstück von Mrs Stark nicht betreten. Um nicht zu auffällig vor dem Haus herumzustehen, zückte der Zweite Detektiv seinen Taschenkalender und blätterte geschäftig darin herum.

Der kleine Junge kam auf ihn zu, blieb direkt vor ihm stehen und starrte zu ihm hoch. »Wie siehst du denn aus?«

»Was?«

»Was ist mit deinem Gesicht passiert? Sieht das immer so aus? So blau und gelb?«

»Nein«, antwortete Peter gereizt und vertiefte sich wieder in seinen Kalender.

»Hast du dich geprügelt?«

»Nein. Ich hatte einen Unfall. Und jetzt schwirr ab.«

»Hat's wehgetan?«

»Ja.«

»Bei mir auch. Guck mal, ich hatte auch einen Unfall.« Der Junge wies anklagend auf sein aufgeschürftes Knie. »Beim Ballspielen.«

»Wie schön. Hast du nichts zu tun? Geh spielen!«

»Ist keiner da zum Spielen. Alle meine Freunde sind im Urlaub. Ferien sind langweilig.«

»Finde ich nicht«, erwiderte Peter knapp. Wie sollte er diesen Burschen nur loswerden?

»Hast du auch Ferien?«

»Ja.«

»Gehst du noch zur Schule?«

»Ja.«

»Echt? Wie alt bist du denn?«

»Sechzehn.«

»Ich bin acht.«

»Das ist ja spannend. Hör mal, ich würde jetzt gerne allein gelassen werden.«

»Wieso denn?«

Peter verdrehte die Augen. Mit gutem Zureden kam er hier nicht weiter. Da half nur Bestechung. Er griff in seine Hosentasche und holte eine Dollarmünze heraus. »Hier. Als Trostpflaster für dein kaputtes Knie. Da drüben ist ein Supermarkt. Geh und kauf dir ein Eis!«

»Meine Mama hat gesagt, ich darf kein Geld von Fremden annehmen.«

»Dann geh und kauf dir kein Eis!«

Plötzlich wurde Mrs Starks Haustür geöffnet. Peter wirbelte herum und sagte: »Ich muss jetzt gehen!« Er ließ den Jungen einfach stehen und ging eilig zurück zu seinem Auto.

»Vielen Dank, dass Sie Zeit für mich hatten, Mrs Stark.«

»Gern geschehen.«

»Hallo, Mrs Stark!«

»Hallo, Benny!«

Die Stimmen hinter ihm wurden leiser. Peter sprang in seinen MG und beobachtete, wie Michelle Shoemaker der alten Dame noch einmal zuwinkte, ebenfalls ins Auto stieg und losfuhr. Hatte sie ihn gesehen? Sollte er die Verfolgung abbrechen? Peter entschied sich dagegen, startete den Motor und fuhr hinterher.

Diesmal war es eine kurze Fahrt. Der rote Chrysler hielt in der Innenstadt von Santa Monica, Miss Shoemaker stieg aus und setzte sich in ein Straßencafé, das um diese Uhrzeit noch ziemlich verlassen war. Nur drei andere Leute saßen dort und lasen Zeitung oder telefonierten. Peter parkte ganz in der Nähe und beobachtete, wie sie etwas bestellte und dann ein Notizbuch aus ihrer Handtasche kramte. Sie schrieb etwas hinein. Der Kaffee kam, sie legte das Buch beiseite, nahm abermals die Tasche zur Hand und holte eine Schachtel Zigaretten hervor. Sie war leer. Frustriert erhob sie sich und betrat ein Tabakgeschäft neben dem Café. Das Notizbuch ließ sie auf dem Tisch liegen.

Das war die Gelegenheit! Peter sprang aus dem Wagen, ging mit eiligen Schritten auf den Tisch zu und griff ohne sich umzusehen nach dem schwarzen Buch. Schnell stopfte er es in den Bund seiner Hose und verschwand um die nächste Ecke.

Auf Irrwegen

»Nichts«, knurrte Bob. »Absolut nichts. Ich würde sagen, das Untersuchen der blöden Statuen ist ein Schlag ins Wasser. Es sind Statuen! Sie sind aus Stein! Was soll man denn da finden?«

Zwei Stunden lang waren Bob und Justus bereits durch das Labyrinth gelaufen. Das Foto war eine Hilfe, doch sie hatten trotzdem noch nicht alle Götter gefunden. Einer fehlte. Gerade standen sie vor Poseidon, dem grimmig dreinblickenden Gott des Meeres. Sein Unterkörper ging in einen Fischschwanz über und in der geballten Faust hielt er einen Dreizack. Sie hatten die Figur auf Hohlräume abgeklopft und mit vereinten Kräften versucht sie von der Stelle zu bewegen, genauso wie alle anderen auch. Vergeblich. Sie standen auf Betonsockeln, die tief in die Erde eingelassen waren.

»Aber es muss etwas zu finden sein!«, beharrte Justus. »Anders kann ich mir das Rätsel um die Götter im Garten nicht erklären.«

»Ich denke, das Einzige, was noch infrage kommt, ist, die Dinger auszubuddeln. Aber dann reißt Mr Truman uns den Kopf ab.«

»Ich weiß nicht«, murmelte Justus. »Ich werde das Gefühl nicht los, dass es gar nicht nötig ist, in oder unter den Statuen nachzusehen.«

»Du hast doch gerade noch gesagt, dass etwas zu finden sein muss.«

»Ja. Aber damit meine ich nicht unbedingt den Film. Eher einen Hinweis. Vielleicht geht es gar nicht um etwas, das hier versteckt wurde, sondern um die Götter selbst.«

»Um die Götter selbst? Verstehe ich nicht.«

»Möglicherweise um die Dinge, die sie in der Hand halten, um die Richtung, in die sie schauen, um den Ort, an dem sie stehen. Ich weiß es doch auch nicht. War nur so ein Gedanke.« Während Bob den Meeresgott unschlüssig umkreiste und nach irgendeiner Auffälligkeit suchte, riss Justus ein Blatt aus seinem Notizblock, legte es auf das Foto und pauste die groben Umrisse des Irrgartens ab. Dann zeichnete er die Standorte der Statuen ein, die sie bisher gefunden hatten, und fügte Pfeile für die Blickrichtung der Figuren hinzu. Er betrachtete die Skizze eine Weile. Insgeheim hatte er gehofft ein Muster zu entdecken, eine Regelmäßigkeit, die seinem Denkapparat auf die Sprünge half, doch alles, was er sah, war Chaos. »Lass uns weitergehen. Vielleicht gibt uns ja der letzte Gott den entscheidenden Hinweis.« Er warf einen Blick auf das Foto und drehte sich zur Orientierung einmal im Kreis. »Dort entlang!« Während sie durch den Irrgarten streiften, wurde es immer heißer. Schließlich stand ihnen der Schweiß auf der Stirn und Bob stöhnte: »Ich will hier raus! Ich habe Durst!«

»Es ist nicht mehr viel«, beruhigte ihn Justus. »Wir haben fast alles durchkämmt. Sobald wir die letzte Statue gefunden haben, gehen wir zurück ins kühle Haus.« Er bog um die nächste Ecke und eine im Sonnenschein hell leuchtende Gestalt tauchte vor ihnen auf. »Wenn man von den Göttern spricht, sind sie meist nicht fern. Da haben wir ihn, den letzten Gott.«

Er trat näher heran und betrachtete ihn eingehend. Die Figur sah Zeus recht ähnlich, doch ihr Gesicht war noch finsterer, die Körperhaltung bedrohlicher und das Haar schien aus erstarrten Flammen zu bestehen. »Hades«, stellte er mit einem Blick auf den Sockel fest. »Der Gott der Unterwelt.«

»Na, wunderbar. Die Unterwelt. Der krönende Abschluss einer Götter-Odyssee.« Bob ging auf das Standbild zu und untersuchte es halbherzig. »Und wo ist nun dein Geheimnis?«

Justus zeichnete den Standort in seine Karte ein, doch auch jetzt ergab das Ganze kein Bild. »Ich habe keine Ahnung«, gestand er. »Und ich habe keine Lust mehr. Lass uns zurück ins Haus gehen!« Anhand des Fotos fanden sie sich schnell zurecht. Wenn man den Weg kannte, war es eine Sache von fünf Minuten, ins Zentrum des Irrgartens zu gelangen.

Gerade als Justus die Haustür aufschloss, hupte jemand auf der Straße. Er achtete nicht weiter darauf, doch dann dröhnte die Hupe ohne Pause. Der Erste Detektiv drehte sich um. Auf der Straße am Ende der Auffahrt stand ein roter MG. »He, das ist Peter!« Der Erste Detektiv ging ins Haus, öffnete von dort aus das automatische Tor und ließ Peter hindurchfahren.

Der Zweite Detektiv parkte neben Bobs Wagen und stieg aus. »Ihr seid ja doch da! Ich bin schon vor einer Stunde angekommen und habe mir die Finger wund geklingelt. Dann lief ich vor dem Tor auf und ab und wartete, da ich dachte, ihr seid noch in Rocky Beach.«

»Wir waren im Irrgarten«, erklärte Bob. »Und Mr Truman ist nicht da.«

»Er hat euch hier allein gelassen? Erstaunlich.«

»Es war auch nicht ganz einfach, ihn dazu zu bewegen«, stimmte Justus zu. »Was ist mit dir? Hast du etwas erreicht?«

»Das kann man wohl sagen.« Peter grinste breit.

»Was immer du herausgefunden hast, erzähl es uns, wenn wir drinnen sind«, bat Bob. »Ich verdurste.«

Sie gingen ins Haus und holten sich jeder ein Glas Wasser. Damit kletterten sie die Wendeltreppe hinauf, öffneten das Oberlicht und hockten sich auf die schmale Bank im Planetariumssaal. Während Bob und Justus ein weiteres Mal fasziniert das technische Wunderwerk betrachteten, berichtete Peter von seiner Verfolgung.

»Stark?«, fragte Bob, als Peter von Miss Shoemakers erstem Halt erzählte. »Eine Mrs Stark in Santa Monica? Das ist doch die Tochter von Ken Stark, dem Schauspieler! Ihr wisst schon, die Frau, die mir am Telefon erzählte, der Tod ihres Vaters sei für den Abbruch der Dreharbeiten verantwortlich gewesen, obwohl er bloß eine kleine Kostümrolle hatte.«

Peter nickte. »Richtig. Michelle Shoemaker hat offenbar die gleichen Spuren verfolgt wie wir. Aber aus ganz anderen Gründen. Wir wollen einen verschwundenen Film finden. Sie will einen Mord aufklären.«

Justus beugte sich neugierig vor. »Hast du etwa herausgefunden, was die geheimnisvolle Andeutung über den Mordfall zu bedeuten hat?«

»Ja. Bevor sie zum Gebäude des ›Ghost‹ zurückgefahren ist, hat sie sich in ein Straßencafé gesetzt. Und als sie losging, um sich Zigaretten zu holen, habe ich ihr das hier abgenommen.« Peter holte das schwarze Notizbuch hervor und lächelte siegesbewusst.

»Du hast es ihr geklaut?«, fragte Bob erstaunt.

»Sie hat es auf dem Tisch liegen gelassen«, verteidigte sich Peter. »Ich bin daran vorbeigegangen und habe es mitgenommen. Würdest du das als klauen bezeichnen?«

»Na ja, Fairplay ist es jedenfalls nicht«, gab Justus zu bedenken. »Vergiss nicht, dass wir keinen Freischein für illegale Aktionen haben, nur weil wir Detektive sind.«

»Ist es etwa Fairplay, wenn sie uns verfolgt?«, verteidigte sich der Zweite Detektiv. »Ich habe den Spieß nur umgedreht, das ist alles. Außerdem wirst auch du deine Meinung ändern, wenn du das Notizbuch gelesen hast, Just. Leider hat sie nur Stichpunkte aufgeschrieben, aber die reichen schon, um sich ein Bild von der ganzen Geschichte zu machen, die hinter ›Utopia‹ steckt.«

Der Erste Detektiv nahm ihm das Buch ohne ein weiteres Wort aus der Hand und begann darin zu blättern.

»Während Justus jedes Detail in sich aufsaugt, kannst du mir die Zusammenfassung geben, Peter«, schlug Bob vor.

»Also schön: Ken Stark ist damals nicht bei einem Autounfall ums Leben gekommen. Er wurde ermordet.«

»Was?«

»So steht es zumindest in den Notizen. Miss Shoemaker scheint die Motive selbst nicht zu kennen. Entweder ging es um Geld oder um Eifersucht oder um beides, sie ist da nicht ganz sicher. Aber sie hat herausgefunden, wann und wie es passiert ist: nämlich während der Dreharbeiten.«

»Was soll das heißen?«

»Der Film war eigentlich schon fertig, es mussten nur noch einige wenige Szenen nachgedreht werden. Unter anderem eine Einstellung, in der ein futuristisches Fahrzeug – ein umgebautes Auto also – auf den verkleideten Mr Stark zurasen, im letzten Moment bremsen und einen Meter vor ihm anhalten sollte. Die Szene wurde bis ins Detail vorbereitet, dann wurde gedreht. Die Kamera lief, das Auto fuhr los – aber es bremste nicht. Ken Stark wurde überfahren und war sofort tot.«

»Das gibt's ja nicht! Und das alles wurde gefilmt?«

»Exakt. Und das ist der wahre Grund, warum der Film verschwand. Es stellte sich nämlich heraus, dass es kein Unfall war. Jemand hatte die Bremsen des Wagens sabotiert. Der Anschlag wurde vertuscht und ein normaler Autounfall vorgetäuscht, aber das Filmmaterial beweist, was wirklich geschehen ist.«

»Und wer war der Saboteur?«

»Im Notizbuch gibt es eine Liste mit einem halben Dutzend Verdächtigen – eigentlich alle, die damals beim

Nachdreh dabei waren. Es war die Minimalcrew, da die offiziellen Dreharbeiten ja schon beendet waren. Einer von ihnen war jedenfalls Edward Truman.«

»Glaubst du wirklich, er war es? Welcher Regisseur wäre denn so doof, vor laufender Kamera jemanden umzubringen?«

»Keine Ahnung. Jedenfalls wissen wir jetzt, warum Michelle Shoemaker hinter ›Utopia‹ her ist. Sie will das Beweismaterial für den Mord und eine große Story daraus machen.«

»Und wir scheinen ebenfalls verdächtig zu sein«, bemerkte Justus, der mit halbem Ohr zugehört hatte. »Es sind nämlich auch ein paar Notizen über uns drin. Hier zum Beispiel: ›Mrs Stark sagt, gestern hätte sie jemand wegen der gleichen Geschichte angerufen – einer der drei Jungs?‹ Außerdem stehen die Adressen von Peter und mir drin. Was glaubt sie wohl, wer wir sind?«

»Da wir für Mr Truman arbeiten, auf jeden Fall nicht ihre Freunde. Er hat sie schließlich immer wieder rausgeschmissen.«

»Es geht also um Mord«, sagte Justus und schlug seufzend das Buch zu. »Ob Mr Truman davon weiß?«

Bob schüttelte den Kopf. »Ich glaube nicht. Woher auch? Glaubst du, sein Vater hätte ihm davon erzählt? Nein, ich denke, er sagt uns die Wahrheit. Er glaubt an die Geschichte mit dem Streit unter den Produzenten und hat uns beauftragt den Film zu finden, weil er nicht will, dass jemand anderes es tut und ihn an die Öffentlichkeit bringt. Aber nicht, weil ein Mord darauf zu sehen ist, sondern weil sein Vater ›Utopia‹ für schlecht hielt.«

»Es gibt natürlich noch eine andere Möglichkeit: Miss Shoemaker hat sich die ganze Sache nur aufgrund unzureichender Informationen zusammengereimt und an der Mordgeschichte ist kein einziges Wort wahr.« Justus stemmte sich hoch und ging langsam auf die Mitte des Planetariums zu. »Wie dem auch sei, wir sollten den Film so schnell wie möglich finden, bevor sie es tut. Sie scheint ganz schön auf Draht zu sein.«

»Und wie sollen wir das anstellen?«

»Keine Ahnung. Der Schlüssel muss hier sein: im Planetarium.« Er schaltete es ein und die Planeten und Monde begannen ihren ewigen Tanz.

Sie schauten eine Weile zu, dann fragte Peter: »Was ist denn bei eurer Irrwanderung durch das Labyrinth herausgekommen?«

»Nichts«, brummte Justus. »Außer dass wir jetzt alle acht Götter gefunden haben: Aphrodite, Hermes, Ares, Zeus, Kronos, Uranos, Poseidon und Hades.«

»Uranos? Klingt wie Uranus, der Planet. Was ist das denn für ein Gott? Nein, warte, sag's nicht, ich will es gar nicht wissen!«

»Moment mal!«, rief Justus plötzlich. »Was hast du gerade gesagt?«

»Dass ich es nicht wissen will. Nimm's nicht persönlich, aber mir ist gerade nicht nach mythologischen Belehrungen.«

»Nein, davor! Uranos klingt wie Uranus? Aber genau das ist es!« Justus blickte mit leuchtenden Augen auf die kreisenden Planeten. »Ich Trottel! Es ist so offensichtlich! Warum bin ich denn nicht gleich darauf gekommen?«

»Wovon, um Himmels willen, redest du, Just?«, wollte Bob wissen.

»Götter im Garten, Götter am Himmel. Ich glaube, ich habe dieses Götterrätsel gerade gelöst!«

Griechisch-Römisch

»Würdest du uns bitte einweihen, Erster?«

»Die meisten unserer Planeten wurden nach römischen Göttern benannt«, erklärte Justus. »Mit den römischen Göttern ist das allerdings so eine Sache. Die alten Römer haben in vielen Bereichen die Kultur der Griechen übernommen: in der Musik, in der Kunst, der Literatur, der Philosophie und auch in der Religion.«

»Hä?«

»Ich will damit sagen, dass das alte Rom zwar auch eine eigene Kultur hatte, aber vieles war eben griechisch geprägt. So hatte die römische Mythologie zwar ganz andere Ursprünge als die griechische, aber nach und nach wurden die verschiedenen römischen Götter den griechischen Göttern gleichgesetzt. Sie standen für dieselben Ideale und Prinzipien.«

»Justus!«, unterbrach Peter ihn. »Was hat das alles mit unserem Rätsel zu tun?«

»Sehr viel. Wenn du mir weiter zuhören würdest, kämst du selbst drauf. Sowohl bei den Griechen als auch bei den Römern gab es beispielsweise eine Göttin der Schönheit und der Liebe. Bei den Griechen hieß sie Aphrodite. Und bei den Römern –«

»Venus!«, fiel Bob ein.

»Na und? Ich verstehe immer noch nicht, was du uns damit sagen willst, Just.«

»Mensch, Peter!«, seufzte Bob. »Venus! Sagt dir das denn gar nichts?«

»Doch, Göttin der Schönheit und der Liebe, schon klar. Und?«

»Venus ist auch ein Planet! Dieser da!« Bob wies auf die kleine gelbe Kugel, die auf der zweiten Bahn von innen ihre Runden drehte.

»Ach so! Und Aphrodite, die griechische Göttin der Schönheit, steht im Garten.«

Justus nickte. »Genau! Dieses Spiel funktioniert mit jedem der Götter, die im Irrgarten stehen: Mercurius, der römische Gott, der Pate für unseren Planeten Merkur stand, findet seine griechische Entsprechung in Hermes. Mars steht für Ares, Jupiter für Zeus, Saturn für Kronos und Neptun für Poseidon.«

»Mit der Venus waren das sechs«, stellte Peter fest. »Wir haben aber neun Planeten!«

»Richtig. Pluto und Uranus bilden eine Ausnahme, sie wurden nach griechischen Göttern benannt: Uranus nach Uranos, dem Gott des Himmels, und Pluto nach dem Gott der Unterwelt, der auch noch einen anderen Namen hat: Hades. Beide stehen im Gartenlabyrinth. Damit haben wir acht. Übrig bleibt die Erde. Logisch, denn für die gibt es keine Gottheit.«

Peter runzelte die Stirn. »Das heißt also –«

»Dass die Götterstatuen die Planeten darstellen! Das ist die Verbindung! Edward Truman hat allerdings die römischen Figuren gewählt, um es nicht zu offensichtlich zu machen.«

»Fantastisch, Justus!«, rief der Zweite Detektiv begeistert. »Darauf wäre ich nie gekommen! Kann ja kein Mensch wissen, dass Aphrodite und Venus die Gleichen sind. Du hast das Rätsel tatsächlich gelöst. Nur ...« Die Begeisterung verschwand aus seiner Stimme und seinem Gesicht. »Was fangen wir jetzt damit an? Den Film haben wir immer noch nicht gefunden.«

»Nein«, gab Justus zu. »Aber wir sind ganz nahe dran, da bin ich sicher! Das ist der Schlüssel zum Geheimnis.«

»Tja, dann müssen wir wohl nur noch das Schloss finden«, bemerkte Peter wenig überzeugt.

Justus wanderte um das Planetarium herum, ließ die Modelle an sich vorbeiziehen und knetete unentwegt seine Unterlippe. »Das Schloss finden ...«, murmelte er. »Das Schloss finden ...«

Auch Bob stand auf und schloss sich der Wanderung an. »Dann kann ich besser denken«, behauptete er und blickte angestrengt auf seine Füße, während die Planeten an ihm vorbeiwirbelten. Unbewusst schritt er dabei das bizarre Fliesenmuster auf dem Boden ab.

»Also, ich denke lieber im Sitzen«, sagte Peter und sah den beiden bei ihrem Rundgang zu. »Aber mir fällt trotzdem nichts ein. Was du sagst, klingt zwar ungeheuer logisch, Just, aber mir ist absoulut nicht klar, wie uns das zu dem Versteck des Films führen soll.«

»Verdammt noch mal!«, fluchte Justus leise und begann Mrs Jones zu zitieren: »Fragen Sie die Götter! Götter im

Garten, Götter am Himmel! Die Götter kennen das Geheimnis! Ja, Mrs Jones, Sie haben Recht, wir haben das Rätsel gelöst, aber was fangen wir nun damit an?«

Peter seufzte resigniert. »Vielleicht interpretierst du einfach zu viel in das hinein, was die Alte gesagt hat, Just. Wer weiß, woran sie in dem Moment wirklich dachte! Immerhin war sie zwei Sekunden später in Gedanken schon wieder bei irgendwelchen Reparaturen oder bei ihrem Nachtisch. Wenn wir Pech haben, hat ihr Göttergeschwafel überhaupt nichts mit dem Film zu tun.«

»Nein«, widersprach Justus. »Ich bin sicher, dass wir direkt vor der Lösung stehen und nur den Wald vor lauter Bäumen nicht sehen.«

Bob blieb wie angewurzelt stehen. »Den Wald vor lauter Bäumen?«

»Richtig. So fühlt es sich an«, bestätigte Justus und prallte einen Augenblick später mit Bob zusammen. »He, Bob! Ich denke, dein Gehirn funktioniert besser, wenn du in Bewegung bist. Bob?«

Bob starrte auf den Fußboden. »Genau das ist es!«

»Was denn? He! Für Geistesblitze bin ich zuständig! Los, spuck's aus, was geht dir gerade durch den Kopf?«

Der Dritte Detektiv kniff die Augen zusammen. »Wenn man den Wald vor lauter Bäumen nicht sieht, liegt das in der Regel daran, dass man direkt vor einem Baumstamm steht.«

»Hat dir die Hitze das Gehirn weich gekocht?«, erkundigte sich Peter besorgt. »Was redest du da für einen Unsinn?«

»Das ist überhaupt kein Unsinn. Man sieht den Wald vor lauter Bäumen nicht, weil man viel zu nah dran ist. Genauso wie man in einem Irrgarten auch keinen Irrgarten sieht, sondern nur Hecken.«

»Äh …«

»Das Labyrinthmuster sieht man erst aus der Entfernung. Wie auf dem Foto, das Justus und ich heute als Karte benutzt haben. Von oben.« Er schnippte mit den Fingern, drehte sich um und lief die Metalltreppe hinauf, die zur Plattform unter dem Dachfenster führte. Schließlich stand er neben dem Teleskop, mit dem man durch die Luke in die Sterne sehen konnte. »Was ist denn jetzt?«, rief Peter hinterher. »Willst du nun auch noch den Himmel nach Göttern absuchen?«

»Nein. Ich will Abstand gewinnen und mir einen Überblick verschaffen. Und das geht am besten von oben. Kommt rauf und seht euch das an!«

Neugierig folgten ihm Justus und Peter. Zu dritt war es eng auf der Plattform, doch die Aussicht war beeindruckend. Zwar befanden sie sich nur etwa sechs Meter über dem Boden, doch von hier aus wirkte das Planetarium noch einmal ganz anders, viel geordneter. Die Modelle drehten sich wie auf einem gigantischen Plattenteller.

»Von oben sieht es aus wie ein Karussell«, sagte Peter. »Findet ihr nicht? Die kleinen Monde sind die Gondeln. Da wird einem ja schon beim Zuschauen schwindlig. So, Bob, dann leg mal los, wo ist deine großartige Entdeckung?«

»Seht ihr es denn nicht?«

»Was sehen?«

»Es ist direkt vor eurer Nase!«

»Das Planetarium, ja. Das war es vorhin auch schon.«

Bob schüttelte ungeduldig den Kopf. »Nicht das Planetarium! Die Bodenfliesen!«

Justus schnappte nach Luft. »Das Labyrinth!«

Nun bemerkte es auch Peter: Das Muster, das vom Boden aus vollkommen willkürlich gewirkt hatte, fügte sich aus der Höhe betrachtet zu einem geordneten Ganzen zusammen. Es sah genauso aus wie die Luftaufnahme vom Haus, die Bob und Justus ihm gezeigt hatten: Die Linien auf dem Boden waren identisch mit dem Irrgarten! »Oh, mein Gott!«

»Nein, Peter, nicht Gott: Götter! Seht ihr, die Planeten kreisen über dem Labyrinth. Das Planetarium ist nicht nur ein Modell unseres Sonnensystems, sondern auch des Irrgartens, in dessen Zentrum wir uns gerade befinden.«

Justus nickte aufgeregt. »Und das ist noch nicht alles! Jetzt erst fällt es mir auf: Die Statuen im Garten sind in der gleichen Reihenfolge angeordnet wie die Planeten: Hermes, also Merkur, steht direkt neben der Haustür. Ein Stückchen weiter weg, auf der anderen Seite des Hauses, steht Aphrodite, also Venus. Dann kommen Ares und Zeus und so weiter.«

»Was bedeutet das?«

»Das bedeutet, dass wir das Schloss zum Schlüssel haben!«

»Wie meinst du das, Just?«

»Das ganze Planetarium ist eine Art riesiges Zahlenschloss!«

Peter runzelte die Stirn. »Ein Zahlenschloss? Und wo, bitte schön, sind die Zahlen?«

»Die Zahlen sind in diesem Fall die Planeten. Man muss eine Kombination einstellen und dann lässt sich die Tür öffnen.«

»Und die Kombination verraten uns die Götter«, fuhr Bob fort. »Genau, Just! Die Götter kennen das Geheimnis! Das war es, was Josephine Jones gemeint hat!«

»Moment, Moment, Moment!«, rief Peter und hob die Hand. »Das geht mir alles zu schnell. Was haben die Götter denn nun wieder damit zu tun?«

»Ach, Peter«, sagte Justus kopfschüttelnd. »Du bist heute mal wieder sehr schwer von Begriff. Man muss das Planetarium anhalten und die Planeten anhand des Bodenmusters in die Stellung bringen, die die Statuen im Irrgarten anzeigen.« Er zog die eilig gekritzelte Karte aus der Hosentasche und hielt sie dem Zweiten Detektiv unter die Nase. »Siehst du, das ist das Labyrinth und da sind die Götter. Wenn wir die Planeten in die gleiche Position bringen, öffnet sich die Tür, ganz einfach!«

»Okay, verstanden!«, nickte Peter. »Aber was ist mit der Erde? Die hat keinen Stellvertreter im Irrgarten.«

»Das macht nichts. Da sie die einzige Unbekannte ist, müssen wir sie nur einmal im Kreis drehen, sobald alle anderen Planeten richtig eingestellt sind. Irgendwann macht es dann Klick.«

»Das ist brillant, Just!«, rief Bob. »Genau so muss es sein! Deshalb sind die Figuren auch so fest im Boden verankert. Edward Truman wollte um jeden Preis verhindern, dass sie umgestellt werden, denn damit wäre der Code zerstört worden. Meine Güte, das dürfte das größte Puzzle der Welt sein. Und man kann das Rätsel tatsächlich erst lösen, wenn man weit genug weg ist und sich einen Überblick aus großer Höhe verschafft. Wir sind die ganze Zeit über das Labyrinth aus Bodenfliesen dort unten gelaufen und haben es nicht gesehen.«

»Wie den Wald vor lauter Bäumen«, fügte Justus zufrieden hinzu. »Gut gemacht, Bob. Ich weiß nicht, ob ich darauf gekommen wäre, hier heraufzuklettern.«

»Ich störe euch nur ungern dabei, wie ihr euch gegenseitig auf die Schulter klopft«, sagte Peter zögernd. »Aber wir haben ein Problem.«

»Was denn für ein Problem? Meinst du, Truman erlaubt uns nicht an dem Planetarium herumzudrehen? Keine Sorge, wenn wir ihm unsere Ergebnisse präsentieren, wird er überzeugt sein.«

»Nein, nein, ich meine etwas ganz anderes.«

»Nämlich?«

»Ich habe es selbst gerade erst entdeckt. Guckt euch das Planetarium noch einmal genau an. Was seht ihr?«

»Ein Meisterwerk der Technik«, sagte Justus.

»Die neun Planeten unseres Sonnensystems«, war Bobs Antwort.

»Falsch. Es sind nicht neun. Sondern zehn!«

Der neunte Gott

»Ein zehnter Planet macht aber überhaupt keinen Sinn!«, rief Bob zum wiederholten Male, während sie durch den Irrgarten liefen. »Wir haben nun einmal nur neun.«

»Bei ›Utopia‹ waren es zehn«, erinnerte Justus. »Die Außerirdischen, um die es in dem Film ging, kamen vom zehnten Planeten, Planet X. In das Planetarium ebenfalls einen zehnten Planeten einzubauen war wohl Edward Trumans augenzwinkernder Verweis auf seinen Film. Mich ärgert nur, dass wir das nicht vorher bemerkt haben.«

»Na ja, wenn sich das Planetarium erst mal dreht, ist man so fasziniert, dass man auf alles Mögliche achtet, aber man zählt bestimmt nicht die Modelle«, warf Peter ein. »Mir fiel es nur deshalb auf, weil der äußerste Planet sich nicht mehr innerhalb des Fliesenmusters befand.«

»Das kann nur bedeuten, dass es noch einen weiteren Gott gibt, Nummer neun, und zwar außerhalb des Irrgartens.« Justus warf einen Blick auf das Foto und wählte an der nächsten Kreuzung den linken Weg. »Jetzt geht es noch ein Stück geradeaus und dann müsste auch schon der Ausgang kommen.«

»Ewig diese Rennerei!«, beschwerte sich Peter. »Und das bei den Temperaturen! Edward Truman macht es uns wirklich nicht leicht.« Sie erreichten die Heckenöffnung, die auf die Wiese hinter dem Grundstück hinausführte. Hier hatten sie vor zwei Tagen das Labyrinth zum ersten Mal betreten. Die Luft flimmerte vor Hitze und überall schwirrten Insekten umher. »Meinst du wirklich, dass wir hier etwas finden?«

»Der neunte Gott muss irgendwo versteckt sein.«

»Auf der Wiese ist er jedenfalls nicht«, stellte Bob mit einem Blick in die Runde fest. »Höchstens oben im Wald.« Sie erklommen den Hang und traten zwischen den Bäumen hindurch in den Schatten.

Peter verschränkte die Arme vor der Brust und sah sich um. »Wie war das noch mal mit dem Wald, den man vor lauter Bäumen nicht sieht? Ich würde eher sagen, wir sehen den Gott vor lauter Bäumen nicht. Also, wenn ihr mich fragt, dann suchen wir an der falschen Stelle. Truman wird kaum so dumm gewesen sein, eine Statue mitten in den Wald zu stellen. Und selbst wenn er es getan hat: Das ist Jahrzehnte her! Der Wald ist von der anderen Seite für jedermann zugänglich. Falls hier mal eine Götterstatue stand, ist sie längst weg.«

Bob drehte sich um und sah ins Tal hinunter. An die linke und rechte Seite des Irrgartens grenzten die Nachbargrundstücke, die durch einen hohen Zaun abgetrennt waren. »In Nachbars Garten wird er sie auch nicht gestellt haben.«

»Bleibt also nur die Seite zur Straße«, bemerkte Justus. »Aber auch da steht kein Gott. Wo denn auch?«

»Sehen wir trotzdem nach.« Justus machte kehrt und ging die Wiese hinunter bis zum Irrgarten.

»Ich hasse dieses Labyrinth!«, sagte Bob düster. »Wenn dieser Fall abgeschlossen ist, will ich mindestens ein Jahr lang keine Hecken mehr sehen!«

»Zum Geburtstag schenke ich dir ein Rätselbuch voller Irrgärten«, versprach Peter grinsend. »Zum Abgewöhnen.«

Trotz Karte dauerte es eine Viertelstunde, bis sie die andere Seite erreicht hatten. Justus ging ins Haus, um das automatische Tor zu öffnen, dann schlenderten sie die lange Auffahrt hinunter bis zur Straße. Eine alte Frau schleppte mühsam ihre Einkäufe nach Hause, sonst war es ruhig. Die Menschen hatten sich vor der Hitze in ihre Häuser verkrochen. Auch auf dem kleinen Friedhof gegenüber waren keine Besucher.

»Kein Gott weit und breit«, stellte Peter fest. »Und was jetzt?«

»Irgendwo muss es einen neunten Gott geben«, behauptete Justus. »Ich bin sicher, dass unsere Theorie stimmt. Denkt nach, Kollegen, wo könnte Edward Truman seinen letzten Hinweis versteckt haben?«

Ratlos sahen sie sich um. Schließlich wies Bob auf den Friedhof. »Das ist der einzige Ort, der infrage kommt.«

»Sehen wir ihn uns mal an«, schlug Justus vor.

Der Friedhof war klein, gerade mal hundert Gräber drängten sich dicht an dicht auf dem Gelände. Kein Lüftchen regte sich. Die Hitze war hier noch drückender. Während die drei ??? langsam durch die schmalen Gänge streiften, betrachteten sie die Grabsteine: In den letzten dreißig Jahren war hier niemand mehr beerdigt worden. Viele der Ruhestätten sahen aus, als hätte man sie seit Ewigkeiten nicht gepflegt. Einige waren völlig von Gestrüpp überwuchert.

»Und nun?«, fragte Peter ratlos. »Hier sind zwar jede Menge Kreuze, aber die werden ja wohl kaum gemeint sein, oder?«

»Glaube ich auch nicht«, stimmte Justus zu.

»He, seht mal hier!« Bob war schon ein Stück weitergegangen und zeigte auf die Grabplatte direkt vor ihm. »Hier liegt Edward Truman!«

Justus und Peter kamen neugierig näher. Trumans Grab war schlicht, der schwarze kleine Grabstein schon halb verwittert. Doch hinter dem Stein ragte im Schatten eines Gebüsches versteckt eine Statue empor: ein Mann in wallenden Gewändern mit gesenktem Kopf. Sein Gesicht war nur eine glatte Fläche, es gab keine Augen, keine Nase und keinen Mund.

»Da haben wir ihn ja!«, rief Justus. »Das ist unser neunter Gott! Der Sockel, auf dem er steht, ist zwar nicht mit einem Namen versehen, aber es gibt trotzdem keinen Zweifel: Er passt perfekt zu den anderen Figuren!«

»Edward Truman muss schon vor seinem Tod dafür gesorgt haben, dass er diesen Grabplatz bekommt und die Figur aufgestellt wird«, überlegte Bob.

Justus zog seine gezeichnete Labyrinthkarte hervor,

malte den Friedhof dazu und markierte die Stelle, an der der neunte Gott stand. »Die Entfernung kommt ungefähr hin«, stellte er fest. »Los, Kollegen, probieren wir es aus!«

Sie verließen den Friedhof und kehrten zurück in den Kuppelsaal. Das Planetarium hatten sie beim Verlassen des Hauses ausgeschaltet, die Planeten standen still. Der Erste Detektiv stieg die Treppe zur Plattform hinauf und gab die ersten Anweisungen: »Beginnen wir mit dem Merkur. Der muss ganz auf die andere Seite!«

»Moment mal«, zögerte Peter. »Was ist, wenn wir nun doch falsch liegen und am Ende das ganze Planetarium kaputtmachen?«

»Unsinn! Letztlich funktioniert das Ding genau wie eine Uhr. Bei einer Uhr kann man auch an den Zeigern drehen, ohne dass sie gleich kaputtgeht.«

»Schon. Aber diese Uhr hier hat zehn Zeiger«, warf Peter ein.

»Nun macht schon! Wenn es nicht funktioniert, können wir ja alles wieder zurückdrehen. Mr Truman wird nichts davon mitbekommen.«

»Also gut. Aber auf deine Verantwortung!« Der Zweite Detektiv griff nach dem Planetenmodell und schob es vor sich her. Die Mechanik surrte, aber das zerstörerische Knacken, das er befürchtete, blieb aus.

»Noch ein Stückchen. Gut so! So lassen! Jetzt kommt die Venus. Die steht schon fast richtig. Nur noch ein bisschen weiter nach links!«

Planet für Planet wurde von den drei ??? in die

richtige Stellung gebracht. Justus konnte von oben anhand des Bodenmusters genau sehen, welches die exakte Position war. Je mehr Modelle auf ihrem Platz waren, desto nervöser wurde er. Was, wenn Peter Recht hatte und am Ende gar nichts geschah? Dann war Justus mit seinem Latein am Ende. Wenn dies nicht des Rätsels Lösung war, dann wusste er auch nicht mehr weiter.

Sie waren gerade beim Planeten X angekommen, als plötzlich die Wendeltreppe knarrte. Wenige Sekunden später betrat Mr Truman den Saal und starrte entsetzt von einem zum anderen. »Was macht ihr denn da? Seid ihr wahnsinnig? Sofort aufhören!«

»Keine Sorge, Mr Truman, wir wissen, was wir tun«, versuchte Justus ihn zu beruhigen.

»Ihr wisst offensichtlich gar nichts!«, brüllte Truman. Er lief rot an und stürmte auf Bob zu, der gerade dabei war, Planet X zu drehen. Wütend schlug er seine Hand beiseite. »Ich habe euch gesagt, ihr sollt das Planetarium nicht anrühren!«

»Aber das ist des Rätsels Lösung!«, erklärte Justus.

»Was tust du da oben, Junge? Sofort runter da!«

Justus seufzte und kletterte die Treppe hinunter. »Glauben Sie uns, wir haben das Versteck des Films gefunden.«

»Ihr habt was? Und warum zerstört ihr dann das Planetarium?«

»Wir zerstören es nicht, wir öffnen nur die Tür.«

»Ich hoffe, ihr könnt mir das erklären!«

Justus nickte, holte einmal tief Luft und begann so

ruhig und sachlich wie möglich die Ergebnisse ihrer Nachforschungen zu schildern. Stanley Truman setzte mehrere Male an ihn zu unterbrechen, doch der Erste Detektiv ließ sich nicht aus der Ruhe bringen und fuhr einfach fort. Schließlich hörte Truman zu. Und als Justus geendet hatte, war die Wut des Hausherrn fast verflogen. »Das ist erstaunlich«, bekannte er. »Wirklich ganz erstaunlich. Entweder ihr seid völlig verrückt und habt gerade ein unbezahlbares mechanisches Meisterwerk zerstört – oder ihr habt tatsächlich Recht. Das Versteck des Films auf diese Art und Weise zu verschlüsseln, das hätte zu meinem Vater gepasst. Ich kann mich noch gut an meine Geburtstage erinnern. Ich bekam mein Geschenk nie einfach so, ich musste es immer suchen. Mit selbst gemachten Rätseln hat er mich durch das ganze Haus gejagt, manchmal hat es Stunden gedauert, bis ich das Versteck gefunden hatte.«

»Vielleicht wollte er Sie schon damals schulen, damit Sie eines Tages auch dieses Rätsel lösen können.«

»Also schön. Führt zu Ende, was ihr begonnen habt. Jetzt ist es sowieso egal.«

Justus lächelte zufrieden, ging zum Planeten X hinüber und schob ihn an die richtige Stelle. »So. Jetzt sind alle in Position. Fehlt nur noch die Erde.«

»Bin schon unterwegs!«, rief Peter aufgeregt, lief zu der blauweiß bemalten Kugel hinüber und schob sie vorwärts.

»Nicht zu schnell, Peter, sonst drehst du sie womöglich am richtigen Punkt vorbei!«

Der Zweite Detektiv reduzierte sein Tempo und ging ganz langsam Schritt für Schritt weiter. Gespannt warteten sie, dass etwas passierte. Nur das leise Surren war zu hören.

Plötzlich rastete der Planet mit einem lauten Klick ein und ein Stück des Bodenmosaiks klappte wie der Deckel eines Springteufelkastens auf. Alle vier zuckten zusammen und starrten auf die Öffnung im Boden.

Bob war der Erste, der seine Sprache wiederfand. »Ein echtes Geheimversteck! Nur die Götter kennen das Geheimnis.«

»Und wir«, fügte Justus hinzu.

Sie traten auf das Loch zu. Es war nur einen knappen Quadratmeter groß und so geschickt in das Labyrinthmuster eingefügt, dass die Kanten überhaupt nicht aufgefallen waren. Das Geheimfach darunter war etwa einen halben Meter tief. Darin lag eine dunkle Holzkiste. Ehrfürchtig standen sie um die Öffnung herum.

»Ich bin beeindruckt«, gestand Mr Truman. »Bitte sehr, ihr drei. Ihr habt das Rätsel gelöst, also habt ihr es euch auch verdient, die Kiste zu öffnen.«

»Nichts lieber als das!« Justus kniete sich hin und hob den Behälter aus dem Versteck. »Ganz schön schwer!« Der Deckel der Kiste war mit einfachen Schnappverschlüssen versehen. Der Erste Detektiv ließ sie aufklappen und öffnete den Kasten. Darin lagen drei große, metallene Filmdosen. Sie waren beschriftet: ›Utopia‹.

»Ja!«, rief Peter. »Wir haben ihn! Den legendären Film Ihres Vaters!« Er hob eine der Dosen hoch und öffnete sie. Hunderte Meter Zelluloid waren auf die unversehrte Filmrolle gewickelt.

»Herzlichen Glückwunsch«, sagte Mr Truman ergriffen. »Das war eine Meisterleistung!«

»Warum sind es denn gleich drei Rollen?«, fragte Bob verwundert.

»Es ist ein langer Film. Der passt nicht auf eine Rolle. Damals gab es in den Kinos noch Pausen während der Vorstellung, in der die Rollen gewechselt wurden«, erklärte Mr Truman.

»Können wir ihn uns ansehen?«, wollte Peter aufgeregt wissen.

»Mein Vater wollte zwar nicht, dass diesen Film jemals jemand sieht, aber unter diesen Umständen hätte er sicherlich eine Ausnahme gemacht.« Truman zwinkerte ihnen zu. »Ich habe keinen Projektor, aber gleich morgen werde ich einen besorgen. Und dann lade ich euch zu einer exklusiven Sondervorstellung von ›Utopia‹ ein, was haltet ihr davon?«

»Großartig!«, rief Bob. »Das ist besser als jede Bezahlung! Wir werden die Einzigen sein, die den Film je zu Gesicht bekommen! Und wer weiß, vielleicht ist er gar nicht so schlecht. Künstler können ihre eigenen Werke oft nur schwer beurteilen. Sie können ihn doch noch in die Kinos bringen. Das wird bestimmt ein Renner!«

»Abwarten«, antwortete Mr Truman beschwichtigend. »Wir wollen erst mal sehen, was da wirklich vor so langer Zeit auf Zelluloid gebannt wurde.«

Die drei ??? blickten einander verstohlen an, sagten jedoch nichts.

Völlig erschöpft von der Hitze und den Aufregungen des Tages saßen die drei ??? am Abend in ihrer Zentrale und sprachen über ihre Erlebnisse.

»Wenn Michelle Shoemaker tatsächlich Recht hat mit ihrer Mordtheorie, wird Mr Truman morgen sein blaues Wunder erleben«, meinte Bob. »Meint ihr nicht, wir sollten ihn vorwarnen, bevor wir uns den Film gemeinsam ansehen?«

Justus verzog das Gesicht. »Ist das eine gute Idee? Wenn sie sich getäuscht hat, machen wir nur unnötig die Pferde scheu.«

»Und wenn sie sich nicht getäuscht hat, fällt Truman aus allen Wolken«, sagte Peter. »Er ist zwar ein ausgesprochen unsympathischer Mensch, aber das sollten wir ihm trotzdem nicht antun. Heute Nachmittag war er sogar ganz nett. Stellt euch vor, bei der morgigen Filmvorführung kommt heraus, dass sein Vater wirklich in einen Mord verwickelt war.«

Sie schwiegen nachdenklich. Schließlich sagte Bob: »Eins steht jedenfalls fest: Wir haben ›Utopia‹ zwar gefunden, aber der Fall ist noch nicht abgeschlossen. Das dicke Ende kommt noch. Ich kann mir nicht helfen, irgendwie habe ich ein ungutes Gefühl bei der Sache.«

Es klopfte an der Tür.

»Wer kann das denn sein?«, wunderte sich Peter. »Deine Tante Mathilda klopft normalerweise nicht an, sie brüllt lieber gleich über den ganzen Schrottplatz.«

Der Erste Detektiv zuckte die Schultern, stand auf und öffnete die Tür.

Vor der Zentrale stand eine junge Frau mit langen schwarzen Haaren. Sie blickte ihn unsicher an. »Guten Abend. Mein Name ist Michelle Shoemaker. Ich muss mit euch reden.«

Pressefreiheit

Peter und Bob sprangen auf und drängten sich neben Justus in den Eingang.

»Was ... was können wir für Sie tun?«, fragte der Zweite Detektiv irritiert.

»Ich bin Reporterin beim ›Ghost‹ und –«

»Wir wissen, wer Sie sind«, fiel Justus ihr ins Wort und entschloss sich spontan dazu, alle Masken fallen zu lassen. Was immer Miss Shoemaker von ihnen wollte, jetzt, da sie den Film gefunden hatten, konnte sie ihnen nicht mehr in die Quere kommen. »Sie sind hinter ›Utopia‹ her und waren einige Male bei Mr Truman. Sie haben im Archiv der ›Los Angeles Post‹ recherchiert und Ken Starks Tochter besucht. Außerdem haben Sie uns beschattet. Und heute Morgen ist Ihnen Ihr Notizbuch abhanden gekommen.«

Miss Shoemaker starrte ihn entgeistert an. »Wo ... woher ...«

»Sie sind hier, weil Sie etwas von uns wollen«, vermutete Justus. »Das trifft sich gut, denn auch wir hätten einige Fragen. Wie wäre es mit einem Informationsaustausch?«

Sie nickte verblüfft. »Ich wäre sehr dafür.«

Die drei ??? traten nach draußen und schlossen die Tür zur Zentrale. Der Schrottplatz hatte noch geöffnet, doch es war kein Kunde mehr auf dem Gelände. In einer Viertelstunde würde Tante Mathilda das Tor schließen. Sie waren ungestört. »Mich würde doch sehr interessieren, woher ihr so viel über mich wisst.«

»In Ordnung.« Die drei ??? erzählten abwechselnd von ihren zufälligen und beabsichtigten Begegnungen mit Miss Shoemaker. Sie blickte sie mit großen Augen an und erst nach und nach legte sich ihre Überraschung. Als Peter den Bericht beendet hatte, wandte sie sich ein wenig wütend an ihn: »Ich hätte gern mein Notizbuch zurück.«

»Kein Problem.« Der Zweite Detektiv griff in seine Gesäßtasche und reichte ihr das Buch. »Bitte sehr!«

Sie schüttelte langsam den Kopf. »Ich muss schon sagen, ihr drei seid ziemlich gerissen. Von euch kann ich noch was lernen.«

Peter nickte. »Ja. Zum Beispiel, wie man jemanden beschattet, ohne dass er es merkt.«

»Wie wäre es, wenn Sie uns jetzt Ihre Geschichte erzählen?«, schlug Justus vor.

»Viel zu erzählen gibt es da nicht. Ihr wisst ja schon fast alles. Ich wurde durch den Artikel meines Kollegen über Josephine Jones auf ›Utopia‹ aufmerksam und witterte eine Story. Bei meinen Nachforschungen stieß ich auf die Mordgeschichte, die sich jedoch nicht beweisen ließ. Also beschloss ich selbst nach einem Beweis zu suchen. Ich besuchte Mr Truman, doch der ließ überhaupt nicht mit sich reden. Und dann bekam ich mit, dass ihr drei offenbar für ihn arbeitet. Das machte mich stutzig. Schließlich fand ich heraus, dass ihr Detektive seid. Über euch stand schon öfter was in den Zeitungen. Also fragte ich mich, ob ihr überhaupt wisst, in wessen Dienst ihr da steht, und beschloss mit offenen Karten zu spielen und euch zu besuchen. Tja, hier bin ich.«

»Was meinen Sie damit – in wessen Dienst wir stehen?«, wollte Bob wissen.

»Na, Mr Truman! Es liegt doch auf der Hand, warum er nach all den Jahren plötzlich so scharf darauf ist, den Film zu finden.«

»Nämlich warum?«

»Er will Beweise vernichten! Die Beweise dafür, dass sein Vater in einen Mordfall verwickelt war!«

»Aber Mr Truman weiß gar nichts von einem Mordfall«, widersprach Justus. »Wenn wirklich etwas an der Geschichte dran ist, hat sein Vater ihm nie etwas davon erzählt. Stanley Truman geht davon aus, dass sein Vater den Film deshalb nie veröffentlicht hat, weil er ihn zu schlecht fand.«

Miss Shoemaker riss die Augen auf und lachte schrill. »Das hat er euch erzählt? So klug, wie ich dachte, seid ihr wohl doch nicht. Er weiß von dem Mord!«

»Wie kommen Sie darauf?«

»Ich habe mit ihm gesprochen. Und er hat es mir erzählt.«

»Wie bitte?«

»Als er ein Interview ablehnte, habe ich ihm gleich die Wahrheit an den Kopf geworfen. Und er antwortete, dass es mir nie gelingen würde, seinem Vater irgendetwas zu beweisen, da der Film verschollen sei und nie wieder auftauchen würde. Gott sei Dank habt ihr ihn noch nicht gefunden!«

Die drei ??? blickten einander an. Justus schluckte. »Ich fürchte, das haben wir doch.«

»Er macht nicht auf!«, fluchte Peter und drückte ein weiteres Mal auf die Klingel.

»Wundert dich das?«, fragte Bob. »Wahrscheinlich vermutet er Reporter. Jetzt, da der Film wieder da ist, würde ich an seiner Stelle auch nicht mehr aufmachen. Ich kann es immer noch nicht glauben, dass wir ihm so auf den Leim gegangen sind!«

»Los, wir klettern über das Tor«, sagte Peter kurz entschlossen und sprang sogleich am Gitter hoch. Für ihn war es ein Leichtes, auf die andere Seite zu kommen. Auch Bob war innerhalb weniger Sekunden drüben, Miss Shoemaker musste erst ihre Stöckelschuhe durch das Gitter reichen, bevor sie rüberklettern konnte.

»Komm schon, Pummel, stell dich nicht ungeschickter an, als du bist«, triezte Peter den Ersten Detektiv.

»Ich bin ungeschickt«, bekannte Justus und zog sich ächzend empor. »Das ist ... leider ... die Wahrheit!« Hilflos hing er auf halber Höhe an den Gitterstäben, doch mit Bobs und Peters Hilfe schaffte schließlich auch er es. Eilig liefen sie auf das Haus zu. Inzwischen war es dunkel geworden, nur der Eingang neben Hermes war schwach beleuchtet. Justus klopfte an die Tür.

Nichts rührte sich. Auch nicht nach dem zweiten Klopfen. Schließlich hämmerte der Erste Detektiv energisch gegen das Holz.

»Verschwinden Sie!«, drang Mr Trumans Stimme aus dem Hausflur. »Oder ich rufe die Polizei!«

»Wir sind es, Mr Truman!«, rief Justus. »Wir haben etwas vergessen! Es ist sehr wichtig!«

»Ach, ihr! Sagt das doch gleich.« Schritte näherten sich, dann wurde die Tür geöffnet. »Hätte das nicht Zeit bis morgen ... Was suchen Sie denn hier?« Stanley Truman starrte Miss Shoemaker wütend an. »Was habt ihr Jungs mit dieser Person zu tun? Verschwinden Sie!«

»Das werden wir Ihnen erklären, Mr Truman«, sagte Justus bestimmt. »Dürfen wir?« Der Erste Detektiv drängte sich an Truman vorbei ins Haus.

»He! Was fällt dir ein?«

Auch die anderen quetschten sich durch die halb geöffnete Tür. Stanley Truman war machtlos. »Was soll denn das?«, brüllte er. »Seid ihr von allen guten Geistern verlassen?«

»Was riecht denn hier so angebrannt, Mr Truman?«, fragte Justus forsch. »Haben Sie etwa den Kamin im Arbeitszimmer angemacht? Bei diesen sommerlichen Temperaturen? Oder wollten Sie zufällig gerade etwas verbrennen?« Er stürmte ins Arbeitszimmer am Ende des Flures. Der Kamin brannte tatsächlich. Daneben lagen drei Filmrollen. Unversehrt. »Da sind wir wohl gerade noch rechtzeitig gekommen zur ersten und letzten Vorstellung von ›Utopia‹, was?«

Truman und die anderen betraten den Raum. »Verlasst sofort mein Haus! Und Sie auch, Sie … Sie …«

»Wir sind Miss Shoemaker sehr dankbar, dass sie uns heute Abend aufgesucht hat, um uns ein paar interessante Details zu verraten.«

»Ich weiß nicht, wovon du redest, Junge!«

»Keine Spielchen, Mr Truman. Wir wissen Bescheid! Sie haben uns benutzt, um den Film zu finden, damit Sie ihn verbrennen und so die Beweise für den Mord an Ken Stark vernichten können.«

»Ich –«

»Ihr Vater war es, nicht wahr? Und es ist alles auf diesen Filmrollen festgehalten! Oder wie sonst können Sie uns das Feuer in Ihrem Kamin erklären?«

Stanley Truman öffnete den Mund, brachte jedoch keinen Ton heraus. Fassungslos starrte er die drei ??? und Miss Shoemaker an. Schließlich senkte er resigniert den Kopf. Seine Wut war plötzlich verflogen. Langsam trottete er auf den braunen Ledersessel zu und ließ sich hineinfallen. »Er war es nicht«, sagte er leise. »Mein Vater hat mit dem Tod von Ken Stark nichts zu tun. Aber er hat sich schuldig gemacht, weil er den Mord vertuscht hat. So wie alle anderen.«

»Erzählen Sie uns die ganze Geschichte«, bat Miss Shoemaker. »Von Anfang an!«

Truman seufzte tief. »Ich weiß nicht, wer es war. Mein Vater hat es mir nie erzählt. Er wollte nicht, dass ich die ganze Wahrheit erfahre. Ich weiß nur, dass es um Eifersucht ging. Irgendjemand aus der Filmcrew hasste Ken Stark so sehr, dass er den Wagen für den Tag sabotierte, an dem die Straßenszene gedreht werden sollte. Der Film war zu dem Zeitpunkt so gut wie fertig. Die Bremsen funktionierten nicht, Ken Stark wurde überfahren und war sofort tot. Doch mein Vater und alle anderen hatten monatelang wie besessen an ›Utopia‹ gearbeitet. Sie wussten, dass die Filmgesellschaft aus Angst vor einem Skandal den Film in letzter Sekunde zurückziehen würde, wenn herauskam, dass ein Schauspieler vor laufender Kamera ermordet worden war. Also schlossen sie einen Pakt: Sie alle würden den Mord vertuschen, den Täter decken und den Film wie geplant beenden und in die Kinos bringen.«

»Was?«, rief Bob fassungslos. »Einen Mord vertuschen, nur damit der Film wie geplant starten konnte? Ich kann es nicht glauben!«

»Es war verrückt, ja. Doch die Arbeit an ›Utopia‹ hatte die gesamte Crew bis an den Rand ihrer Kräfte gebracht. Für sie gab es nur noch diesen Film und er musste in die Kinos kommen, koste es, was es wolle.«

Justus schüttelte den Kopf. »Aber er ist nicht in die Kinos gekommen. Etwas ging schief.«

»Nein. Nichts ging schief. Doch als der Film beendet war und mein Vater zur Ruhe kam, wurde ihm bewusst, was er getan hatte. Sein Gewissen plagte ihn. Er brachte es nicht fertig, einen Film freizugeben, für den ein Mensch sein Leben lassen musste und der Täter ungeschoren davongekommen war.«

»Aber warum ist er denn nicht zur Polizei gegangen? Es wäre doch noch nicht zu spät gewesen.«

»Doch. Hätte die Öffentlichkeit erfahren, dass er wochenlang einen Mörder gedeckt hatte, wäre sein Ruf ruiniert gewesen. Das wollte er seiner Familie und der Filmcrew nicht antun. Aber genauso wenig konnte er ›Utopia‹ zeigen. Also hielt er den Film unter Verschluss, erfand als Begründung schließlich die Geschichte mit dem Streit unter den Produzenten und ließ ›Utopia‹ verschwinden.«

»Und warum hat er ihn versteckt und nicht gleich vernichtet? Es hätte ja auch gereicht, die Mordszene herauszuschneiden«, überlegte Justus.

»Diese Szene ist herausgeschnitten. Der Film enthält keinen einzigen Beweis für den Mord.« Er lächelte schwach. »Tut mir Leid, Sie enttäuschen zu müssen, Miss Shoemaker, aber aus Ihrer Enthüllungsstory wird nichts. Es gibt keine Beweise. Weder in dem Film noch sonst wo.«

»Das verstehe ich nicht«, gestand Peter. »Wenn es keine Beweise gab, wo war dann das Problem?«

»Mein Vater steckte in einem Dilemma«, erklärte Mr Truman. »Er konnte nicht mehr zur Polizei gehen, dafür war es zu spät. Aber genauso wenig brachte er es fertig, den Film in die Kinos zu bringen, nach allem, was geschehen war. Vernichten wollte er ihn jedoch auch nicht, immerhin steckten zwei Jahre Arbeit und jede Menge Geld in diesem Werk. Also versteckte er es. Die Schuld hat ewig an ihm genagt. Ich habe die

Geschichte erst Jahrzehnte später erfahren, als ich erwachsen und er ein alter Mann war. Vorher hat er sich nie jemandem anvertraut.«

»Langsam begreife ich«, sagte Justus. »Und er hat Ihnen wirklich nicht gesagt, wer der Täter war?«

Mr Truman schüttelte den Kopf. »Ich habe lange gebraucht, um über diese Geschichte hinwegzukommen. Wir haben auch nie wieder darüber gesprochen, bis mein Vater im Sterben lag und mir mitteilen wollte, wo der Film versteckt ist. Mir war das damals egal, ich wusste, dass ich ihn niemals sehen wollte. Doch dann kam dieser Artikel über Josephine Jones in die Zeitung. Sie ist die Einzige von damals, die noch lebt, und hat nach all der Zeit ihr Schweigen gebrochen. Wohl eher unbeabsichtigt. Und plötzlich tauchten Reporter vor meiner Tür auf und ich wusste, dass diese ganze Geschichte doch noch ans Tageslicht kommen würde, wenn ich den Film nicht so schnell wie möglich fand und vernichtete.« Er blickte auf und sah Miss Shoemaker fest in die Augen. »Ich bitte Sie, vergessen Sie Ihre Story.«

»Wieso sollte ich?«, gab sie zurück. »Die Welt hat ein Recht zu erfahren, was damals wirklich geschehen ist.«

»Tatsächlich? Hat sie das? Warum? Damit Sie reich und berühmt werden? Das ist doch das Einzige, was Sie interessiert, Miss Shoemaker. Die Welt will nur groß aufgemachte, skandalöse Geschichten hören. Was dahinter steckt, ist ihr völlig egal.«

»Es geht hier nicht einfach um einen Skandal,

Mr Truman, sondern um Mord! Die Wahrheit muss ans Licht gebracht werden!«

»Wozu? Alle Beteiligten sind tot, auch der Mörder. Niemand kann mehr zur Rechenschaft gezogen werden, keine Schuld kann beglichen werden. Dafür ist es viel zu spät. Das Einzige, was Sie mit Ihrer Geschichte erreichen können, ist, mir das Leben zur Hölle zu machen. Mir und vielleicht auch Ken Starks Tochter. Denn auf uns werden sich die Journalisten letztlich stürzen, wir werden keine ruhige Minute mehr haben.«

Die drei ??? blickten betroffen von einem zum anderen.

»Ich kann Sie zu nichts zwingen, Miss Shoemaker. Sie müssen Ihre Entscheidungen selbst treffen. Wenn Sie Ihre Story machen wollen, bitte schön. Aber seien Sie sich der Tatsache bewusst, dass Sie damit das ruhige, zufriedene Leben zweier unschuldiger Menschen zerstören. Was immer mein Vater getan hat, mich trifft keine Schuld. Und die Zeiten, in denen die Söhne für die Sünden ihrer Väter büßen müssen, sind doch wohl vorbei.«

»Und was ist mit Mrs Stark?«, warf Miss Shoemaker ein. »Meinen Sie nicht, dass sie ein Recht darauf hat zu erfahren, wie ihr Vater wirklich gestorben ist?«

»Wenn Sie dieser Meinung sind, dann können Sie es ihr sagen. Aber dafür müssen Sie keinen Artikel für den ›Ghost‹ schreiben.«

Michelle Shoemaker schwieg verbissen. Schließlich

sagte sie: »Sie können mir nicht verbieten meine Arbeit zu machen.«

»Das möchte ich auch nicht. Ich möchte nur, dass Sie sich sehr genau überlegen, wie hoch der Preis für diese Arbeit ist. Und ob Sie ihn auf Kosten anderer Menschen zahlen wollen.«

Mrs Jones' Geheimnis

»Justus! Telefon!« Tante Mathildas Stimme riss Justus aus dem Schlaf. Müde warf er einen Blick auf den Wecker. Halb zehn. Er war noch hundemüde. Es war sehr spät geworden gestern Abend. Mühsam quälte er sich aus dem Bett und schleppte sich die Treppe hinunter. Im Flur hielt ihm Tante Mathilda den Telefonhörer hin. »Faulpelz!«, raunte sie.

Justus nahm den Hörer entgegen. »Ja?«

»Hi, Just! Schon wach?«

»Guten Morgen, Peter. Bis eben war ich es nicht. Aber auf dich ist immer Verlass.«

»Wir wollen gleich schwimmen gehen. Kommst du mit? Wird Zeit, dass wir den Sommer endlich genießen und nicht mehr durch brütend heiße Labyrinthe stolpern.«

»In Ordnung. Jetzt kann ich sowieso nicht mehr schlafen.«

»Wieso bist du denn so fertig?«

»Ich lag gestern noch lange wach und habe über die ganze Geschichte nachgedacht. Ich bin nach wie vor nicht ganz sicher, ob es richtig ist, die Sache unter den Teppich zu kehren.«

»Na ja«, murmelte Peter. »Mr Truman hatte schon Recht. Was bringt es, einen Mörder zu entlarven, der schon lange tot ist? Ganz abgesehen davon, dass wir sowieso nie herausgefunden hätten, wer es denn nun wirklich war. Wir können da nichts machen, selbst wenn wir wollten. Zur Polizei zu gehen bringt wohl nichts, dafür sind wir ein paar Jahrzehnte zu spät dran. Nur Miss Shoemaker hätte etwas unternehmen können. Es wundert mich immer noch, dass sie schließlich nachgegeben und versprochen hat den Artikel nicht zu schreiben. Hätte ich ihr gar nicht zugetraut.«

»Ich auch nicht«, gestand Justus. »Aber wahrscheinlich ist es besser so. Jetzt ist der Film nur noch ein Haufen Asche. Schade, ich hätte ihn trotz allem gern gesehen.«

»Was ist mit dir, Just? Du klingst so komisch.«

»Ach, ich weiß auch nicht. Irgendwie bleibt ein bitterer Nachgeschmack. Wir haben den Fall zwar gelöst, aber ich hatte mir das Ende anders vorgestellt.«

»Man kann nicht alles haben«, antwortete Peter lässig. »Was ist nun? Kommst du mit an den Strand?«

»Ja. Aber etwas später. Ich habe noch etwas zu erledigen.«

»Was denn?«

»Erzähle ich euch nachher. Bis dann!« Der Erste Detektiv legte auf. Er beeilte sich mit dem Anziehen und Frühstück, dann schwang er sich aufs Fahrrad und fuhr zum Blumenladen. Mit einem schönen bunten Strauß machte er sich auf den Weg zum Pflegeheim. Diesmal betrat er das Gebäude durch den Haupteingang. Eine freundlich lächelnde junge Frau begrüßte ihn.

»Was kann ich für dich tun?«

»Ich möchte diese Blumen zu Mrs Jones bringen.«

»Tut mir Leid, aber Mrs Jones hätte zurzeit lieber keinen Besuch.«

»Ich weiß. Vielleicht könnten Sie ihr die Blumen überreichen? Mit einem schönen Gruß von ... von den Handwerkern.«

Sie runzelte die Stirn. »Den Handwerkern?«

Justus winkte ab. »Sie weiß dann schon Bescheid. Hoffe ich.«

Die Pflegerin nickte und wollte den Strauß gerade entgegennehmen, als sich die Fahrstuhltür öffnete und eine kleine, weißhaarige Frau mit einem Stock langsam auf den Flur trat. »Ah, Mrs Jones! So ein Zufall! Hier sind gerade Blumen für Sie abgegeben worden!«

Josephine Jones sah auf, entdeckte Justus – und lächelte. »Ach, wie lieb! Das ist ja der nette Handwerker, der ein Autogramm haben wollte!«

Justus wunderte sich, dass sie ihn plötzlich wiedererkannte. Er erwiderte das Lächeln.

»Ich wollte gerade hinaus in den Garten gehen. Möchten Sie mich nicht begleiten?«

Der Erste Detektiv zögerte nur einen kurzen Moment, dann sagte er: »Aber gern!«

»Ich bringe die Blumen auf Ihr Zimmer, Mrs Jones.«

»Ja, ja, machen Sie das, machen Sie das.« Sie ging langsam auf Justus zu, hakte sich wie selbstverständlich bei ihm ein und gemeinsam verließen sie das Haus. Im Garten setzten sie sich auf eine Bank. »Ich bin schon so erschöpft«, sagte Mrs Jones. »Ich glaube, ich werde wirklich langsam alt.«

»Verzeihen Sie, dass ich Sie so direkt frage, Mrs Jones, aber erinnern Sie sich wirklich an mich?«

Sie sah ihn entrüstet an. »Aber selbstverständlich! Sie wollten das Autogramm! Wie könnte ich das vergessen.«

»Das stimmt, aber wir sprachen bei meinen letzten Besuchen auch über etwas anderes. Wissen Sie noch? Sie erzählten mir von dem Geheimnis der Götter.«

Sie machte große Augen. »Oh! Tatsächlich?«

»Ja. Wissen Sie, meine Freunde und ich haben das Geheimnis jetzt gelüftet. Wir haben die Götter befragt und ›Utopia‹ gefunden.«

»Wirklich? Haben Sie den Film gesehen? Damals war ich noch jung und hübsch, nicht wahr?«

»Das sind Sie doch immer noch«, sagte Justus.

Mrs Jones lachte. »Sie Schmeichler! Das ist ja wie in alten Zeiten!« Dann wurde sie nachdenklich. »Sie haben ›Utopia‹ also gefunden. Und was sagt Edward dazu?«

Justus stutzte. »Edward Truman? Er ist tot, Mrs Jones.«

Für einen Moment wirkte sie erschrocken. »Ach … ach ja. Himmel, das habe ich ganz vergessen. Er ist ja schon so lange nicht mehr bei uns. Hach, das waren Zeiten damals. Bis zu diesem Film waren wir sehr glücklich. Aber ›Utopia‹ hat alles zerstört. Dabei hatte ich nie etwas mit Ken. Nichts Ernstes jedenfalls, nur eine kleine Affäre.«

»Sie meinen Ken Stark?«

Sie nickte und senkte traurig den Kopf. »Edward hat sich selbst ins Unglück gestürzt. Danach habe ich mich sofort von ihm getrennt. Das war eine schwere Zeit damals. Ich habe viel für seine Seele gebetet. Und für meine. Ich hätte zur Polizei gehen sollen. Doch ich konnte es nicht. Ich habe diesen Mann geliebt! Gott sei Dank ist er schon lange tot, sonst müsste er jetzt wohl ins Gefängnis.«

Justus war nicht sicher, ob Mrs Jones sich seiner Anwesenheit überhaupt noch bewusst war. Mit Tränen in den Augen sah sie auf und blickte in den sonnendurchfluteten Garten. »Er hat es für mich getan.«

dtv junior

Die drei ???

Die drei ??? und die flüsternde Mumie
ISBN 3-423-0**7022**-6
Die drei ??? und der Super-Papagei
ISBN 3-423-0**7316**-0
Die drei ??? und die gefährliche Erbschaft
ISBN 3-423-0**7387**-X
Die drei ??? und das Gespensterschloss
ISBN 3-423-0**7480**-9
Die drei ??? und das Riff der Haie
ISBN 3-423-**70099**-8
Die drei ??? – Gefahr im Verzug
ISBN 3-423-**70355**-5
Die drei ??? und der riskante Ritt
ISBN 3-423-**70427**-6
Die drei ??? – Verdeckte Fouls
ISBN 3-423-**70844**-1
Die drei ??? – Tatort Zirkus
ISBN 3-423-**70490**-X
Die drei ??? – Tödliche Spur
ISBN 3-423-**70858**-1

Ab 10 Jahre

dtv junior

Die drei ???

Die drei ??? – Die verschwundene Seglerin
ISBN 3-423-**70533**-7
Die drei ??? – Die Spur des Raben
ISBN 3-423-**70583**-3
Die drei ??? und die Rache des Tigers
ISBN 3-423-**70613**-9
Die drei ??? – Pistenteufel
ISBN 3-423-**70614**-7
Die drei ??? – Giftiges Wasser
ISBN 3-423-**70682**-7
Die drei ??? und das brennende Schwert
ISBN 3-423-**70685**-6
Die drei ??? – Dreckiger Deal
ISBN 3-423-**70711**-9
Die drei ??? und die flammende Spur
ISBN 3-423-**70715**-1
Die drei ??? – Stimmen aus dem Nichts
ISBN 3-423-**70739**-9
Die drei ??? – Poltergeist
ISBN 3-423-**70750**-X
Die drei ??? – Labyrinth der Götter
ISBN 3-423-**70893**-X

Ab 10 Jahre